「ようこそ！　大・大・大歓迎！
聖女フィリア様!!」
「はい……？」
完璧すぎて可愛げがないと
婚約破棄された聖女は
隣国に売られる①
Fuyutsuki Koki
冬月光輝
illust. 昌未

ライハルト・パルナコルタ
パルナコルタ王国の第一王子
国の繁栄を第一に考える合理主義者
オスヴァルト・パルナコルタ
パルナコルタ王国の第二王子
気さくで人情に厚い性格
フィリア・アデナウアー
歴代最高と言われるほど優秀な聖女
その優秀さを疎まれ、パルナコルタへ売られる

フェルナンド・ジルトニア
ジルトニア王国の第一王子
病弱で部屋から出てこない
ユリウス・ジルトニア
ジルトニア王国の第二王子
フィリアに婚約破棄を突き付ける
ミア・アデナウアー
フィリアの妹で、同じく聖女
明るく社交的で、誰からも愛される性格

大地が黄金に輝き、自然界のパワーも
これまでにないくらい集まりました。

「それでは、いきます！」

私は魔法陣を大陸全土に広げるために魔力を放ちます。

成功を祈りながら……。

完璧すぎて可愛げがないと婚約破棄された聖女は隣国に売られる

（1）

Fuyutsuki Koki
冬月光輝
illust. 昌未

*A saint whose engagement was abandoned
because it was too perfect and not cute is sold to a neighboring country*

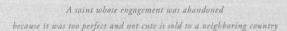

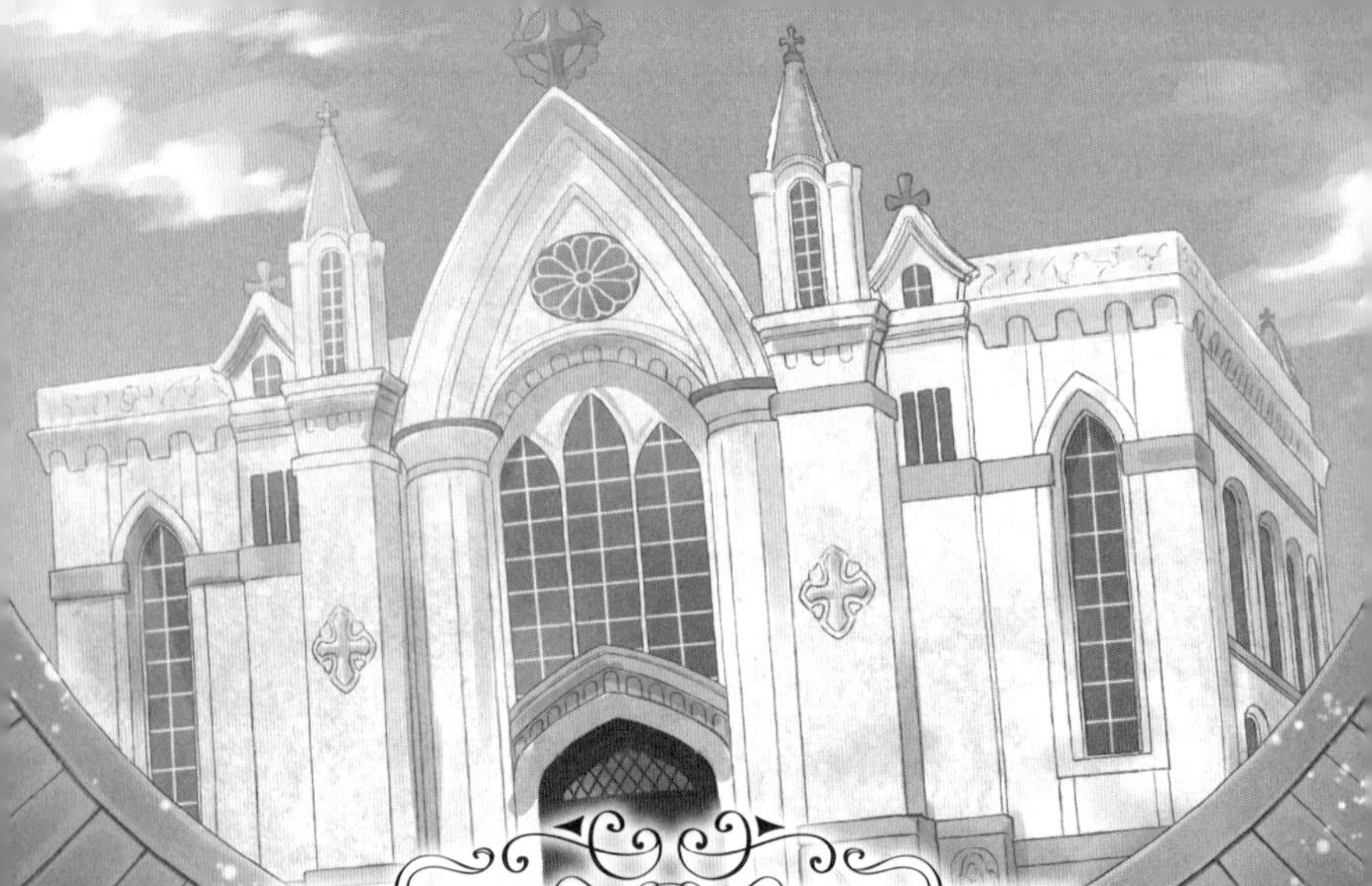

CONTENTS

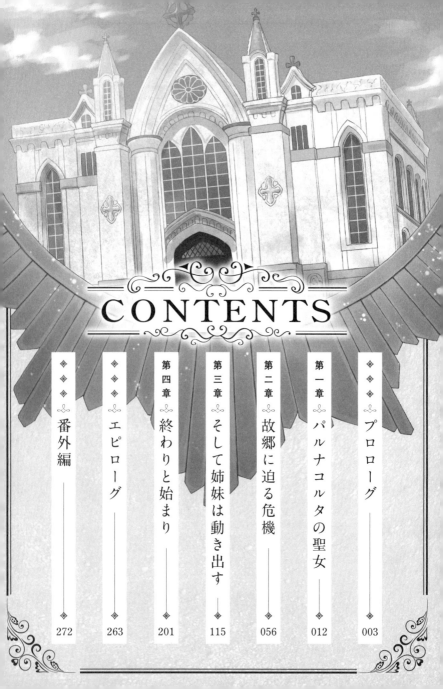

プロローグ

prologue

――可愛《かわい》げのない。愛想がない。真面目すぎて、面白みがない。そう言われ続けて、生きてきました。

そんな私は人並み以上に何かしら出来なくては結婚も怪しいということで、両親は私にスパルタ教育を強制しました。

魔術、武術はもちろん古今の教養や作法まで――それはもう、みっちりと。

さらに私の実家は代々聖女の家系なので、これらに加えて完璧な聖女になるための修行を幼いときより受けさせられています。

冬の雪山で一人放置されて、ひと月生活させられたり、砂漠の中に埋められたり、針の山で寝たり、おかしくなりそうになるくらい肉体も精神も追い詰めることで聖女としての徳を積んでいました。

ひたすら完璧を目指して何でも出来るように努力しました。

その甲斐《かい》もあり私は歴代の聖女の中で最高の力を持っていると評価を受けて、王国の第二王子であるユリウス殿下の婚約者となります。

この縁談がまとまった日、両親に初めて褒められました。「聖女」の家系として国の中で重宝された家ではありましたが、王族と懇意になることは喜ばしいことなのです。

——両親からようやく認められて今までの努力が実を結んだと、幸せを摑《つか》んだと、本気でそう思っていました。


「やっぱり、完璧すぎると人間味っていうか、可愛げがないよな。聖女なんて祈ってりゃ良いんだから、能力なんて関係ないし」

ある日、ユリウス殿下に呼ばれた私はそんなことを言われてしまいました。

どちらかと言うと可愛げがないから完璧さを求めたのですが。

「その点、君の妹のミアはいい。可憐《かれん》で愛嬌《あいきょう》があり何ていうか、こう守ってあげたくなるような華がある」

私には一つ年下の妹がいます。ミアという名前の彼女は、私と違って天真爛漫《てんしんらんまん》を絵に描いたような子で、とても可愛らしく両親に大事にされて育てられていました。

要領も良く聖女としても十分な力があり、私の自慢の妹でもあります。

「ミアが聞くと喜ぶでしょう。殿下のことを慕っていますから」

「そうだろう。そうだろう。だから、僕はミアと結婚しようと思う」

——ミアと結婚？　どういうことでしょう。殿下は私と婚約しているのですが。

「あの、殿下。ミアはそのことを聞いているのでしょうか？」

「いや、彼女にはまだ言っていない。しかし、前のパーティーで僕の話を麗しい笑顔を向けて聞いていた。僕に好意を持ってくれてるのは明白だ。それに、君の両親はどうやら君よりミアの幸せを願ってるらしい。是非とも婚約破棄をして君の妹であるミアと婚約して欲しいと言われたよ」

　ミアが殿下との結婚を望むなら身を引くことも考えますが、彼女の意思が不明なら話をそのまま受け取るわけにはいきません。

　両親は私よりもミアが大事だというのは何となく昔から理解出来ていました。それでも、ミアに罪はないですし、彼女は私に懐いてくれていますから彼女が幸せになるならば私もそれを望みます。

「しかしだな。一つだけ気がかりなことがあるんだよ」

「えっ？」

「ミアが君のようなつまらん女でも姉として慕ってるってことだよ。変に遠慮されても困るんだ」

　確かにミアは私の婚約者を奪ってまで幸せになろうとかそういうことを考えるタイプではありません。

　彼女は心がきれいな人ですから、殿下に好意を持っていたとしてもそれを素直に口にはしないでしょう。

「そこで、だ。隣国のパルナコルタ王国に一人だけいた聖女が急死したらしくてな。優しい僕は気の毒に思ってさ。代わりの者を欲しがっているだろうと歴代最高の聖女と名高い君のような優秀な人材は要らないかと打診してみたんだ。向こうは国家予算相当の資材や金品と引き換えても欲しいって頭を下げられたよ。僕って外交もなかなかやるもんだろ？」

「――っ!?　そ、それはどういうことですか？」

パルナコルタの聖女が亡くなったという話は伺っていました。

しかし私を資材や金品と交換とか、そんな人身売買みたいなことは聞いたことがありません。

「君は実に鈍いなぁ。君の両親は喜んで国家のために君を隣国に差し出すと言ってくれたぞ。僕はこの国と隣国のために婚約者を泣く泣く手放すということで、王室の支持も上がるし、君も隣国で唯一の聖女として大事にされる。みんなが幸せになれるんだよ」

――みんなが幸せに？　私も幸せなのでしょうか？

それに、この国周辺は特に魔物が増えていますし、その影響で何かしら良くないことが起こる予感もしています。

ここで私が居なくなると、聖女はミアだけになり彼女の負担も増えてしまいます。それを私は殿下に主張しました。

「バカバカしい。まるで自分一人が国を守ってやっているという傲慢な口ぶり。フィリア・アデナウアー、君との婚約は破棄。そして隣国に行ってもらう。これは決定事項だ」

既に両親と殿下により外堀は埋められており、半ば追放という形で私は故郷から隣国へ売られることになったのです。

◆

「でかしたぞ、フィリア。どうしようもないくらい可愛げのないつまらん娘だと思っていたが、今は可愛く見えるから不思議だ」

「まさか、パルナコルタがあれほどの値段をフィリアなんかに付けるなんて。ほとんどは私たちの教育の賜物《たまもの》ですが、あなたもあなたなりに頑張りましたね。これでアデナウアー家も安泰です。上流貴族の仲間入りをするのですから」

ユリウス殿下の元から屋敷に戻った私は、両親から今までに見たことのない笑顔を向けられました。

私が隣国に高く売れたことが余程嬉《うれ》しいようです。

パルナコルタから手に入る金額の三割が我が家に入り、しかも下流貴族の一つに過ぎなかったアデナウアー家は父が侯爵になることで、上流貴族の仲間入りをするとのことでした。

その上、ミアが私の代わりに王室に入るので、家の格式は格段に上がります。さほど大事とも思っていなかった娘が大金と高い地位に化けたので、喜んでいるみたいでした。

——二人は私と二度と会えないかもしれないことには一言も言及しませんでした。このとき、私は両親に完全に捨てられたのだと理解します。

ミアほどではないにしろ、愛して欲しい、その一心で不断の努力を続けていたのですが、その小さな望みが今、完全に潰《つい》えました。

「殿下も仰《おつしや》っていたと思うが、ミアには内緒だよ。あの子は優しすぎる子だからね。あんたなんかに気を遣って、人生を棒に振るなんて可哀想《かわいそう》だ」

「わかっています。ミアには幸せになって欲しいですから。ただ、気がかりなのは彼女一人に聖女の重責を負わせてしまうことです」

ミアが殿下と結婚したら幸せになる、それが保障されるのなら、私は喜んでパルナコルタへ行くことを選択したでしょう。

私は聖女として結界を張ったり、魔物たちの力を弱めたり、国を守る要のような役割を果たしていました。

この先、魔物が増えて予想外の災害などが起こるとなると、ミアの負担が増えるのかもしれないと心配でならないのです。

「ミアを侮るな。あの子は物覚えの悪かったお前とは違う本物の天才だ。過大評価を受けているからといって、調子に乗るんじゃない！　口を慎め！」

「そうですよ。それに、王家は聖女ミアを徹底的に援助すると約束したのです。あの子はあなたとは違って華がありますから。みんなで守ろうと団結出来るのですよ。そもそも聖女としての格が違います」

両親は私の心配を受け入れてくれませんでした。ミアが要領の良い天才肌だということは認めていますし、彼女には人を惹《ひ》き付ける魅力があることは確かなのですが、それでも現在の情勢を考えると危険な気がするのです。

しかし国が総力を上げて彼女を助けてくれるのならば、杞憂《きゆう》で済むかもしれません。私が下手なことを言うと泥沼の展開になるのは目に見えていますから、国を黙って出るしかないのでしょう。

ミア、どうか無事でいてください。

「フィリア姉さん、どうしたの？　何か浮かない顔してるね」

なぜか私の部屋で読書をしている妹のミアが顔を覗《のぞ》き込みながら、心配そうな声をかけます。

ミアのことを案じているとは言えないですよね。天使のような無垢《むく》な表情を見て、私は必死になって言葉を飲み込みました。

「大丈夫よ。ちょっと考えごとをしていただけだから」

姉妹の証《あかし》だと思っている、私と同じ銀髪を撫《な》でながらミアの言葉を否定します。

ごめんなさい。嘘《うそ》をついてしまって。でも、私は本当に大丈夫ですから――。

「姉さん、ミアは何でも出来て、格好いいフィリア姉さんのことを尊敬してるし、世界一大好きなんだよ。だから、我慢しないで。何か困ったことがあったら、助けるから」

ミアは私を後ろから抱きしめて、優しい言葉をかけてくれました。

あなたがいたから、私は潰れずにいられたのでしょう。本当にミアには感謝しています。

両親が私にだけスパルタ教育を施していたことを彼女は知りません。ミアがそれを知って怒り出すことを知っている両親が秘密にしていて、私にも口止めしていたからです。

でも、ミアにとって少しでも良い姉だと感じてもらえるならそれでいいと思っています。

さようなら、最愛の妹――。私はあなたが大好きです。どうか、いつまでも元気でいてください。

こうして、私は妹に知られることなくひっそりとジルトニア王国を後にし、パルナコルタ王国を訪れることになりました。

買われたからには、奴隷のような待遇だろうと覚悟を決めています。耐え忍んで生きようと誓っていたのです。

聖女のお務めとは主に傷ついた方々を癒やしたり、結界を張ったりすることですが、他にも人里に侵入してきた魔物を浄化したりと多岐にわたります。

私は特に結界を張る破邪術式が得意でして、そのために必要な祈りの力を増幅させる〝光の柱〟の精製スピードを高めたりする修行は今も欠かしていませんでした。

その努力の成果が評価されたおかげで、今では歴代最高の聖女などと呼ばれるようにもなっております。

それが可愛げがないと隣国に売られる原因となったのかもしれませんが……。

きっとパルナコルタでは今まで以上に聖女のお務めは厳しい環境で行うことになるでしょう。

気を引き締めなくては……。

しかし、この国での生活は思い描いたものと正反対だったのでした。

第一章 パルナコルタの聖女

chapter One

【ようこそ！　大・大・大歓迎！　聖女フィリア様!!】

「はい……？」

馬車に乗って関所まで行き――入国手続きや諸々《もろもろ》の準備を済ませた私はさらに馬車を乗り換えて山を越え……広大な盆地に広がるパルナコルタ王国の王都に到着しました。

そこから、聖女としての最初のお務めがあると言われた私はローブに着替えて教会の中に入ったのです。新しい国での初めてのお務めに緊張しながら。

そんな私の目に飛び込んできたのが、教会の天井から吊《つ》るされていた、あの大きな看板でした。

もう一度、確認しましょう。目がおかしくなったのかもしれません。

【ようこそ！　大・大・大歓迎！　聖女フィリア様!!】

やっぱり見間違いじゃないですね。ええーっと、これはどういう趣向なのでしょうか……？　私は大金と大量の資源で買われた聖女なのですから、すぐに魔物たちをどうにかするように依頼が入ると思ったのですが。

これじゃ、まるで――。

「聖女フィリア様！　よくぞ、このパルナコルタを救うために、ジルトニア王国から来てくださった！　私はこの教会の責任者、司教のヨルンです！　何かご不便を感じましたら、何なりとお申し付けください」


赤いトンガリ帽子をかぶっている、メガネをかけた黒髪の中年の男性は司教だそうです。

ニコニコと人懐っこい笑顔を向けながら、私の前で深々と礼をします。

彼の後ろには沢山の教会関係者らしい方々と美味《おい》しそうなご馳走《ちそう》が並べられていました。


「こ、これはパーティーですか……？」

「そのとおりです。ささやかですがフィリア様の歓迎パーティーを開こうと企画しました。あっ、あのケーキも私が腕によりをかけて作ったんですよ」

「か、歓迎パーティー？　それはどういう――」

「ささ、皆フィリア様の到着を首を長くして待っておりました。お飲み物をどうぞ」

私にドリンクを渡して、乾杯の音頭を取ろうとするヨルン司教。

ちょっと待ってください。つい、うっかりしてドリンクを手にしましたけど、これは変です。

「あの、私はお務めがあると言われてここに来たのですが」

「はい。今日のお務めは歓迎パーティーへの出席です！　フィリア様が来てくださり皆嬉《うれ》しいのです！　こちらの料理は教会の近くにあるレストラン〝食いしん坊オオカミ〟の店主がフィリア様に食べて頂きたいと用意したものですが、如何《いかが》ですか!?　どうか、一次会だけでも……お疲れでしたら二次会は諦めますので！」

「あ、頭を上げてください。す、すみません。こういった歓迎会とか初めてでして……」

パーティーに出席したことはありますが、自分がその主役というのは初めてでした。

ユリウス殿下との婚約発表パーティーは開催する前にこのとおり婚約破棄されてしまいましたし。

そもそも、私はパーティーというものが苦手です。愛想もないし、話題もない……面白みがない女ですから……どうしてもこういう場では浮いてしまっていたからです。

そんな私の心とは裏腹に歓迎パーティーが始まってしまいました。

はぁ……、こういうときって、どうしても隅っこに行ってしまいがちなんですよね。


「おっ！　そのサラダの味どうだい!?　美味しいだろ？」

ちまちまとサラダに口をつけていますと、きれいな金髪の男性が話しかけてきました。

彼は教会の関係者なのでしょうか。

「この野菜はな、全部俺が育てたんだけど。いやー、今年は雨が降らないから苦労したんだよ」

「そうなんですか？　雨の量を増やすくらいでしたら、二、三日あれば可能ですけど」

野菜を作っている？　つまり、農家の人ってことですかね。ここに来られているのは教会の方だけではないんですね。

天候を操るのは、苦労しましたが修行を乗り越えてある程度自在に操れるようになりました。

「へぇ〜〜っ！　やっぱ、聖女ってのはすごいんだなぁ！　よし！　明日からもっと気合を入れて仕事するぞ！」

「何やら楽しそうに話しておりますなぁ。オスヴァルト殿下」

「――っ!?」

……はて、殿下？　えっ、オスヴァルト殿下と仰《おつしや》ってましたか？　ヨルン司教は。オスヴァルトというのはこのパルナコルタ王国の第二王子の名前だったはずです。

「よ、ヨルン司教。こちらの方はあのオスヴァルト殿下なのですか？」

「はい。仰せのとおりです」

「よろしくな。聖女フィリア殿、頼りにしてるぞ」

パルナコルタ王国での生活、第一日目。

サプライズ歓迎会でさらなるサプライズを頂いてしまいました。

◆

「まずはすまなかった。聖女殿を金で買うみたいなやり方をしてしまって、あなたの尊厳を傷付けたと思う。俺も領民たちも、聖女を失ってしまってさ……ジルトニア王国からの打診があったとき、渡りに船だと思ってしまったんだ」

先程まで野菜作りについて語っていらしたオスヴァルト殿下は突然私に深々と頭を下げます。

王族の方が頭を下げるなんて、それも隣国から来たばかりの女に。私には信じられない光景に見えました。

それにしても、ジルトニア王国から打診があったと仰ってますけど、やはりユリウス殿下の方からパルナコルタへの聖女の譲渡の話をされたのですね。私がミアとの結婚の障害になるから……。

「故郷に残してきた家族や大切な人も居るだろう。俺たちは決してあんたには不自由をさせないって誓っているが、それだけでその埋め合わせが出来るなんて思ってない。都合のいい言い方しか出来ないが、いつかこの国を愛してもらえるように努力する。フィリア殿がここに来てくれた心意気に応えられるように、精一杯。それじゃあ、また話そう。パーティーも出来たら楽しんでくれ」

この国を愛して欲しい。それがオスヴァルト殿下の願いでした。

そういえば、私は故郷を愛しているのでしょうか。生まれ育った場所ですし、守ってきた場所でもあるのに、愛するという気持ちが分かりません。

妹のミアは大好きですし、愛《いと》おしく思えるのですが、ジルトニア王国に対して同様の感情というのは持ち合わせていないのかもしれないです。

愛するという気持ちを素直に持てないから私は愛してもらえなかったのでしょうか……。

とにかく愛する云々《うんぬん》は置いておいて、こちらで暮らす以上、聖女としての役割は果たすつもりです。


「オスヴァルト殿下は隣国から聖女様を金品で譲り受けることに最後まで反対されていたのです。しかし、魔物の巣である山に囲まれた我が国にとって、聖女が居なくなるということはまさに死活問題。第一王子であるライハルト殿下と激しく口論されていましたが、最終的にはフィリア様を迎えることに同意しました。ですから、殿下はあなたに対して罪悪感があるのかもしれません」

ヨルン司教はこの国の状況を教えてくれました。

確かにこの国を訪れたとき、大きな魔物の巣の気配を幾つか感じました。パルナコルタ王国は地理の関係上、ジルトニアよりも資源が豊富で裕福な国だと思っていましたが、治安はあまり良くなかったのですね。

歓迎パーティーは恙無《つつがな》く終了して、私はパルナコルタ王が用意したという私の家に馬車で送ってもらいます。

思えば、五歳になってからユリウス殿下と婚約するまで私はほとんど実家にいませんでした。

母が私はアデナウアー家の長女だから早くから教会で修行すべきだと言って、そちらで暮らしていたからです。

そして、その日から寝る間もほとんど与えられずスパルタ教育を施されました。

妹には私が自ら望んで教会で暮らしていると説明していたみたいです。

両親がなぜ私にだけここまでさせたのか未《いま》だに分かりません。ただ一つ、自分の存在が邪魔だということは何となく理解していました。だから、殿下と婚約して実家に戻ったとき、ここが自分の家という実感があまりありませんでした。

「ここが、今日からフィリア様がお住まいになられるお屋敷です」

「――えっ？　こ、こんなにも大きいのですか？　私、一人なのですが」

目の前には実家の二倍以上もある大邸宅があります。

ちょっと待ってください。これはいくらなんでも大きすぎるのでは。

「フィリア様の生活をサポートするために執事やメイドをそれなりに常駐させることになりましたから、この大きさになりました。もちろん、ご友人など出来ましたらお気軽にお招きください。もしも、足りないものなどありましたら何時でもご連絡して頂ければ用意いたします」

オスヴァルト殿下の不自由をさせないという言葉の意味を私はこのとき初めて理解しました。

何ということでしょう。こんなにも待遇が今までと違うなんて……。

ここまでしてもらわなくても私はサボったりするつもりはないのですが、この国の方にとって恐ろしいのはまさに私のやる気がなくなってしまうという点なのでしょう。

ありがたいと思う反面、プレッシャーが凄《すご》いです。

とにかく体の調子を整えることは一番大事なこと。慣れないふんわりとしたベッドですが、睡眠はきちんと取らなくては。

私は精神を集中させて目を閉じます。体力がもっとも効率良く回復する眠りをするために。

これだけ待遇が良いのですから、それをプラスと受け取った方が精神的にも安定します。明日からの新しい生活を頑張ることだけを考えましょう。


そして、翌日の早朝、日が昇る前。私はいつもどおりの時刻に目を覚ましました。

「フィリア様、こんなにも早くにどちらへ……？」

「えっ？　聖女としてのお務めですけど」

普段どおりに出かけようとしたら、執事やメイドの皆さんに驚かれました。

聖女としてのお務めをどれだけこなせるかが国の繁栄に直結しますし、今日中にやりたいことを終わらせるためには、これくらいの時間から活動せねば間に合わないのですが、何かおかしいのでしょうか。

◆

「この国の地図は……これですか」

私はパルナコルタ王国の地図を開きます。まだ外は薄暗い――盆地なので日の出はかなり遅めみたいですね。

「地図をご覧になってどうするおつもりですか……？」

「へっ……？　えっと、魔物の集落がありそうなポイントを絞ろうと思いまして……。決しておかしなことをするつもりはありません。安心してください」

「なるほど。なるほど。地図だけでそこまで分かってしまうとは。さすが稀代《きたい》の聖女様と呼ばれているフィリア様だ」

白髪混じりの黒髪で、細目が特徴の執事のレオナルドさんに地図を見る理由を問われて私はびっくりしました。

今まで、こうやって聖女のやることに興味を持った人がいないからです。

しかし、すぐに彼の意図が読み取れました。この方は私を監視しているのです。外から来た人間が変なことをしていたら、すぐに報告が出来るように。それならば、納得出来ます。


「あ、あのう。フィリア様、お紅茶をお持ちしました～。目が覚めると良いのですが～」

「はい？　わ、私、紅茶なんて頼みましたっけ？」

「いえ、もしかして朝は別のものをお飲みになりますか～？　何でも仰ってください！」

栗毛《くりげ》のツインテールで歳《とし》は十五歳だと自己紹介していたメイドのリーナさんは何も言われてないのに紅茶を持ってきて、それに対して疑問を呈すると緊張しながら別の飲み物が良かったのか質問します。紅茶を誰かに淹《い》れてもらうなんて今までなかったので驚いたのですが、彼女はなぜこのようなことをしたのでしょう……。

「す、すみません。紅茶、いただきます。――あ、温かくて美味しいです」

温かい紅茶を啜《すす》りながら私は地図を見ます。とりあえず、今日一日で魔物の侵入をどれだけ防げるか。どうすれば、効率が良くなるのか。それを計算してペンで記入しました。

そして、家を出ようと門まで向かいます。

――あれ？　レオナルドさんもリーナさんもなんで私についてきているのでしょう……？

「私たちはフィリア様の生活全般を仰せつかっていますから～」

「お務め中もサポートさせてください」

生活全般ってそういうことなのですか？　まさか、一日中世話を焼こうとされているなんて……。

聖女が居なくなれば困るというのは私が考えている以上に切実な問題なのかもしれません。


まず、私が訪れたのは国の最北端に位置する山です。

そこへ馬車で向かう間に、現在パルナコルタで流行《はや》っているという疫病に効く薬のレシピを完成させて、町の薬師に渡しました。

「フィリア様って、お薬まで作れるんですね～。さすがは歴代最高の聖女様です！　でも聖女様のお務めにそんなことは含まれてないような気がするのですが」

「えっ？　そうなのですか？」

「え、ええーと、私はそう聞いていましたけど～～」

聖女とは国に降りかかる災厄全般を除去するための存在だと教えられていました。そのため、医学、薬学、農学、建築学なども全般的に学んでいます。

しかし、思えば新しい薬を作り続けていると「国一番の薬師から嫌味を言われたと苦情が来ていた。出しゃばるな」みたいなことをユリウス殿下にも言われたこともありました。

そういうところが可愛《かわい》げがないとも……。

馬車に乗ってかなりの時間を移動に費やし、ようやく目的地にたどり着きました。

「思った以上に大きな魔物の巣があるみたいです。危険ですので、ちょっと下がっていてください」

山から感じられるのは大量の魔物の気配。

この国に入ったときから気になっていましたが、間近で見ると深刻な状態ということがよく分かります。

あと少しでも処理が遅かったら、魔物たちが国の中になだれ込んで来ていたでしょう。

「四本、いや、八本は必要でしょうか」

聖域を作るためには〝聖なる光の柱〟でその領域を囲む必要があります。

本数を増やせば増やすほど、強力な結界を発動出来るのですが、柱を一本作るのに三十分程度祈りを捧《ささ》げる必要があるのです。つまり、ここに結界を作るのに四時間かかるということなのですが。

私は跪《ひざまず》いて両手を組み、神に祈ります。曇っていた空を覆う雲が割れて光が降り注いできました。

「す、すごい！　まさか〝光の柱〟がこんなにも早く出来上がるなんて。先代も先々代も一本作るのに十時間はかかっていたのに」

執事のレオナルドさんは目を見開いて驚いていました。

確かに昔は時間がかかりました。母から愚鈍だと叱責され三日三晩祈り続けるという特訓を続け、少しずつスピードを早めたのです。

――そして、四時間後。八本の〝光の柱〟で囲まれた山が大きな淡い銀色の光で包まれました。

「これで、山の中の魔物たちは中から出て来ることは出来ませんし、山中で出くわしても弱体化しているので人に危害を加えたりしないでしょう」

最北端の山の封印を終えた私は、レオナルドさんとリーナさんに声をかけました。

柱を八本連続で作ったのは久しぶりでしたので、少し疲れましたね。

「お疲れ様です。それでは、屋敷の方に馬車を――」

「いえ、この山の中の魔物の生態系を調べます。今後の役に立ちますから。その後は最西端の山に向かって同様の結界を――」

急がなくては日が変わってしまいます。もっとスマートに出来ればいいのですが、要領の悪い私にはこれが精一杯なのです。

◆

「す、すみません。夜遅くまでお付き合いいただいて」

パルナコルタ王国の聖女としての初のお務めは日付が変わる直前に終わりました。

本当はもう少し結界を張って、オスヴァルト殿下の期待に応えるためにも雨を降らせる前準備を進めておきたかったのですが、レオナルドさんとリーナさんに止められてしまったのです。

とっくにオーバーワークだとか、過労で体を壊されたら申し訳が立たないとか、聞き慣れない単語を述べられ説得されました。

「既に先代聖女様の軽く三倍は働いておられます。それに薬のレシピやダムの設計図など、聖女のお務めとは関係ないものまで」

「あまり、根を詰めすぎると病気になっちゃいますよ～。いくらお願いしても休憩もなかなか取ってくださいませんでしたし」

涙ながらに働きすぎだと二人に詰められて、私は自分がおかしくなっているのかと疑ってしまいます。

聖女たるもの、病気になるなど以《もっ》ての外《ほか》だと言われていましたので、私は人一倍体のケアには気を遣っており、幼少期を除いて病気になったことはありません。

回復魔法と瞑想《めいそう》で大体の疲れは吹き飛ばせるので、十五分も休めば丸一日活動してもほとんど疲れません。

しかし、さすがにお二人に長時間付き合わせるのは悪いと思いましたので、私は彼らのアドバイスに従って今日のお務めを切り上げることにしました。


「と、とにかく明日は休みましょう。このままだと、フィリア様が大変なことになってしまう！」

「パルナコルタ王室も今日の仕事ぶりに驚かれていたみたいです～～。是非とも明日は体を労《いたわ》り、休んで欲しいとのことでした」

「休む……、ですか？　しかし、聖女が休むというのは国益を損ねるんじゃ」

レオナルドさんもリーナさんも、明日を休日にするようにと仰います。

いやいや、このまま一日でも休むと魔物たちが街にやって来て大変なことになりますし、国にとってそれは損害なのではないでしょうか。

「国益よりもまずはフィリア様のお体です！」

「無理しちゃダメですよ～！　ただでさえ慣れない環境なんですから！」

「いや、しかし。この国の状態は危険です。せめて明日、東と南に結界だけは張らせてもらいませんと。聖女としてそれは譲れません。お二人はお休みになられても大丈夫ですから」

私とて一般の方々には早朝から深夜までのお務めが少々厳しいことは存じております。

修行の結果、一週間眠らずとも動けるようになった私についてくるのは、お二人にはそれだけで重労働でしょう。

　ですから、私は明日からは普段どおり一人で行動することを提案しました。

「そうはいきません。このレオナルド！　執事を極めし者、若い娘さんが一生懸命なのに自分が休むなど出来ませぬ」

「私だって同じです。メイド道を突き進む者として、ご主人様が頑張っているのに無視するなんてあり得ないですよ～！」

　よく分かりませんが、お二人とも明日も一緒にお務めに付き添ってくれるみたいです。

　それならば、せめて私から出来ることを。


「セント・ヒール！」

　お二人の手を握り、私のオリジナル回復魔法を使いました。

　この魔法は疲労回復、滋養強壮、さらに腰痛、肩こり、低血圧にもよく効きます。

　ユリウス殿下には「温泉宿の客が減る不快な魔法」だと言われて不評でしたが……。疲れた体は楽になるはずです。

「す、す、凄いです！　あの頃の強靭な体が戻ってきたような！　なんてことでしょう！　体中に力が溢《あふ》れてきます！」

「レオナルドさん、髪が真っ黒になってるじゃないですか～。本当にいい気持ちです。ぐっすり眠った後みたいな。そのくらい体が楽になりました～！」

この日からお二人には毎日、聖女としての責務に付き合ってもらいました。

故郷での活動よりも出来ることが少なくなってしまいましたが、それでもこの国の方々には好評だったらしいです。

パルナコルタ王国は屈強な騎士団で有名な国でしたが、魔物との戦闘による消耗も激しかったみたいで、特にその点が助かったとのことでした。

兵士たちの仕事を奪っていると言われたこともあるので、ホッとしています。

しかし、新しい国での生活に慣れてきましたが、魔物の巣などの調査をすればするほど、悪いことが起きそうな、そんな兆候が見えてきました。

「これは……、とんでもないことが起こるかもしれません」

魔物の巣の大きさや、出現している魔物の凶暴さを記録して、自分のノートや古代の文献などと見比べて私はある仮説を立てていました。

もしかしたら、四百年ぶりに――。

「どうかしましたか？　フィリア様。難しい顔をされていますね」

メイドのリーナさんは慣れた様子でワーウルフやデスグリズリーといった狼《おおかみ》や熊のような姿をし

た魔物を討伐しながら、私に話しかけました。

結界の中の魔物は弱体化しているとはいえ、確実に一撃で急所を捉える彼女はもしかしたら、かなりの使い手なのかもしれません。

執事のレオナルドさんも凄《すさ》まじい蹴り技で魔物を圧倒していたことから、お二人とも私の護衛も兼ねていると最近気が付きました。

「いえ、まだ確証が持てたわけではないのですが。魔界が地上に近付いて来ているのかもしれません」

考古学の研究をしていると、数百年という周期で魔界が私たちの住んでいる地上に近付いており、魔物の巣の数が激増して大きな被害を与えていることが分かりました。

今の状態は四百年前にそうなったときの前兆状態に極めて近いのです。

つまり、近いうちに魔物の巣の数が急上昇する可能性が高い。


「そ、そんな大変なことが!?　だから、フィリア様は着々と強力な結界を国中に張っているということですか～?」

「そのとおりです。〝光の柱〟というのはどうしても景観を歪《ゆが》めますので、嫌がる方も多いと思いますが。やはり国民の命が最優先だと思いますので」

「景観……?　いえ、そんなこと誰も気にしないと思います。とにかくこれは大変なことですぞ。

至急、王室の方にも報告をしてまいります」

リーナさんの質問に私が答えますと、ちょうどこちらに戻ってきたレオナルドさんが焦り顔で王室に報告すると言い出しました。

まだ予想の域ですし確証を得られているわけではありませんので、あまり気乗りがしません。

「しかし、魔界が近付いている確固たる証拠はありません。私が話しているのはあくまでも統計データからの予想ですし」

「何を仰っているんですか！　フィリア様の知識にこの短い間でもどれほどの民が救われたことか。たとえ間違っていたとしても対策をし過ぎて良かったとしか思われませんよ。誰も貴女《あなた》を責めませんし」

レオナルドさんは自信満々といった口調でそんなことを言います。

「そう仰ってもらえることは嬉しいのですが、聖女たる者、適当なことをするわけにはいきませんし」

「そんなことないですよ〜。人間は誰だって間違います。フィリア様だって聖女である前に人間ですから、間違ってもいいんです。それにこういう問題はみんなで取り組んで解決を目指すべきだと思います。絶対にそうです！」

私がレオナルドさんに反論すると、リーナさんが間違っても良いと優しい声をかけてくれました。

確かに早く対策を練った方が良いと思いますので、間違った場合は真摯に謝るとして報告をした方が良いかもしれませんね。

こうして、レオナルドさんが王室に『魔界が四百年ぶりに近付いている』という可能性を伝えました。

すると、その日のうちにオスヴァルト殿下が対策本部を設置されたのです。

まさか、私の不確かな情報を聞いてこんなに早く動くなんて。彼の行動力には少し驚きました。

とにかく、私なりの予測をまとめて発表する準備をしませんと。

私は自分の持てる知識と状況を照らし合わせて魔界の接近についてレポートを作成することにしました。

◆

「それで、魔界とやらが近付くとどうなる？」

パルナコルタ王国の第二王子オスヴァルト殿下は王宮の大会議室にあらゆる分野の専門家や国政

や軍事に関わる主要な人間を集め、『近いうちに魔界が最接近する事態』への備えについて話し合いを取りまとめていました。

私は殿下たちにどのような危機が訪れるのか、具体的に説明をするために自らの研究資料を持ち出して、会議に参加しています。

ジルトニア王国にいたときも魔物たちの活動を抑えるためにいくつか提案したいことがあり、進言しようとしたこともあるのですが、「女が出しゃばるな恥ずかしい」と父に一喝されて以来……表立って意見を発することを控えていました。

そういった理由でこの会議の話が来たときも、最初は資料のみオスヴァルト殿下にお渡しして参加はしないと意思を示したのですが……。

『フィリア殿、あなたの聖女としての忌憚《きたん》のない意見が聞きたいのだ。頼む……、国のためにあなたの力を貸して欲しい』

私の答えを聞いた殿下はわざわざ夜遅くに屋敷を訪ね、頭を下げて会議に参加して欲しいと仰せになりました。

ここまでされて参加しないとは言えません。

そんな経緯もあって、私は皆さんの前で殿下に意見を求められているのです。

「正確には分かりませんが、四百年前は魔物の巣の数が一気に十倍から二十倍に急増したみたいです。人口は大幅に減少し、国家として成り立たなくなった国もあったといいます。現在、〝光の柱〟によって聖域を形成しておりますが、その中に魔物の巣が大量に作られるとそれが破られる可能性があります」

緊張して少しだけ早口になりながらも私は過去に起こった出来事と、これから起こりうる可能性があることについて話しました。

もちろん、不確かな話です。数百年に一回という大きな周期で起こっている事象ですから、ブレもありますし、結局何も起こらないなんてことも十分に考えられます。

「魔物の巣が十倍か。ふーむ。国家の危機というレベルじゃ収まりきらないだろうな。とりあえず国防の予算を三倍くらいにしてみるか？」

「し、しかしながら、既に今年の予算はかなり切迫していると言いますか、不確かな情報に対して無駄な出費を――」

オスヴァルト殿下は金に糸目をつけずに対策予算を回すと仰ってましたが、国内の予算の管理をしている宰相は言いにくそうな表情をされながら出費は控えたいと言葉を出しました。

宰相の言っていることはもっともです。私みたいな他所者《よそもの》の意見を聞いて国庫から多額の予算を捻出するなんて……反対して然《しか》るべきだと思います。

「分かってないな。何も起こらなかったら、起こらなかったで、何よりと考えられないか？　そんなことより、あのときこうしていれば良かったとか、なんであぁしなかったのかとか、後悔しないことが大切なんだ。金は何とかするし、責任は全て俺が取る。なるべく、被害を抑えられる方向に動こう。先に言うが、それだけは絶対に曲げないぞ。せっかくフィリア殿が進言してくれたんだから」

殿下は何も起こらないことを願いながら、後悔しないように最大限の努力をするべきだと主張しました。

この人はどうしてそんな選択肢を選べるのでしょう。批判とかそういうことが怖くないのでしょうか。王族とはいえ、予算の無駄遣いをすればお咎《とが》めなしとはいかないはずなのですが。

「それじゃあ、臨時で兵士の数を増やして。フィリア殿、増員数はこんなものだが何とかなりそうか？」

パルナコルタ騎士団の団長などの意見を取り入れながら、殿下は私に人員の配置や数を地図に記して見せました。

これは凄いですね。大軍が攻めてくるという状況でもこれだけの配備は必要ないでしょう。

しかし――。

「これではまったく足りません。兵士たちが多数犠牲になります」

「厳しいな。しかし、どうやってもこれが限界だ。来年の予算にも手を出しているしな」

聖域が破られる前提だと、魔物の凶暴化も必然のため、生半可な戦力だと潰されてしまう可能性が高いです。

パルナコルタ騎士団は剣術に長《た》けた騎士たちが多いと世界的にも有名ですが、それでも大量の魔物の相手は厳しいでしょう。

オスヴァルト殿下は保身よりも国の安全を優先してリーダーシップを発揮出来る方のようです。今までに会った人たちとは違うタイプの人間です。

ミアのことが気がかりで故郷のことも心配ですが、私は既にこの国の聖女。

それならば、この国の安全を第一に考えることが私の天命のはずです。

「一つだけ。たった一つだけ方法があります。騎士団の方やその他の兵士の方にもそれなりに負担はかかりますが、何とかする方法が」

「その方法っていうのは、どんな方法なんだ……？」

オスヴァルト殿下は私に国の安全を守る唯一とも言って良い方法を尋ねられました。

大量の魔物がなだれ込む事態に上手《うま》く対応する方法。それは、私が覚えた術の中でも最も規模の大きい術式です。

「大破邪魔法陣をこの国全体に展開させます。簡単に申しますとパルナコルタ王国全体を魔法陣の中に入れることで、外から国内に入って来る魔物を大幅に弱体化させるのです」

大破邪魔法陣は魔物の弱体化に特化した結界です。

外からの侵入を防ぐことは出来ないのですが、中に入ってきた魔物たちはその破邪の力によりパワーを失い、容易に駆除することが可能となります。

この陣の中でなら兵士たちが魔物の掃討にあたっても危険は限りなくゼロに近付くでしょう。

ただ、一つだけ問題がありました。

「この魔法陣をパルナコルタ王国全体に展開するにあたって、私は国の中心から半径十キロ圏内にいなくてはなりません。つまり王都からほとんど離れることが出来なくなります」

そうです。私がこの術式を使うことを躊躇《ためら》った理由がこれでした。

王都から動けなくなるということは、聖女としてのお務めにかなりの制限がかかってしまうということです。薬草を摘んだり、農地を適切な環境にしたり、今まで普通にやっていたことが出来なくなります。

高い金で連れてきた聖女が途端に働かなくなるというのは、この国の人の感情からすると面白くないでしょうし。

その上、ジルトニアに帰ることが叶《かな》わない。そう、どんなに故郷であるジルトニア王国に魔物の手による被害が及んでも、私は帰ることが出来なくなるのです。

ミアなら事前に対策さえとれれば、彼女の高い能力とジルトニア王国の兵士たちとの連携で何とか凌《しの》げると思いますが、やはり気になります。

しかし、この国の聖女である以上はパルナコルタ王国の安全が守られる提案をするべきだと思いまして、この提案をしました。

もっとも王都に釘付《くぎづ》けになるデメリットがあるので、この案が受け入れられるかは分かりませんが……。


「なるほど、それはいい。フィリア殿は働きすぎだからな。これで、ちょっとは休めるのではないか？　もしかして、その術式を維持するのに多大な労力がかかるとか？」

「いいえ。一度起動さえされれば、ほとんど疲れることはありません。魔法陣のコアとなっている私の行動範囲が限られるだけです」

オスヴァルト殿下は、私が休めることが良いことだと仰せになりました。

ほとんどの術式に共通していますが、発動後は魔力を少しずつ供給するだけなので、身体的なデメリットはほとんどないのです。

それにしても、この国の方はよく私に休めと言われますね。休んだところですることがないので、逆に落ち着かないのですが……。

どうしましょう？

魔法陣を起動してしまうと暇な時間が確実に増えてしまいそうです。

こうなるとほかに気になるのは故郷に残してきたミアのことです。

私はパルナコルタの聖女になりましたので、あちらに結界を張るなどはもちろん出来ません。

しかし、彼女の身に何かあれば……と考えると心配でなりません。


「どうした？　浮かない顔をしているじゃないか」

「いえ、その。故郷の妹のことを考えていまして。彼女は優秀ですが、古代術式の知識はありませんので……破邪魔法陣は作ることが出来ませんから」

「ふむ。魔界の接近に対応出来ないということか」

「申し訳ありません、殿下。私はもうパルナコルタの聖女ですのに、他国のことを気にするなんて」

この国の聖女としてこの国のことだけを考えなくてはならないのに、私はどうしてこのような雑念を。

ジルトニアのことはミアに……いや、ユリウス殿下たちが考えるべき、ということは分かっているのですが。

「謝ることではないんじゃないか？　フィリア殿は聖女である前にミア殿の姉なのだろう？　妹を心配しない姉がどこにいる？」

「オスヴァルト殿下……？」

「俺にも兄がいるが、俺は第二王子って立場以前に弟として助けになってやりたいと思う。フィリア殿の想《おも》いは聖女って立場よりも、姉としてのモノだろう？　助けたいのなら、助けてやればいいさ」

オスヴァルト殿下は私に姉という立場でミアを助けるべきだと背中を叩《たた》きながらそう仰せになりました。

聖女である前にミアの姉？　今まで考えたこともありませんでした。

オスヴァルト殿下にお兄様がいらっしゃることはもちろん存じていますが、弟として力になりたいという考え方はとても新鮮に聞こえます。

「そうですね。でしたら、妹に手紙を送ってもよろしいでしょうか？　私なりに考えた対策を書き記して。やはり、他国に有益になる情報は控えた方が――」

「手紙？　良いじゃないか。ミア殿も優秀な聖女だと言っていたし。フィリア殿が知恵を授ければ、解決方法も導き出せるだろう。こういうことは言いたくはないが、ジルトニアにはフィリア殿と引き換えにかなりの金額を渡しているからな。我が国とは違うやり方も可能だろう」

「ええ、今からでしたらジルトニアが一丸となって動けば被害を最小限に抑えることも可能です」

オスヴァルト殿下に許可を取ってミアに手紙を書くことにしました。

国全体で調査をして、対策を練るようにと。

急いで動けば、まだ間に合うはずです。ミアに沢山の人が協力をしてくれれば。

彼女は私と違って人望もありますから大丈夫でしょう。

彼女の無事を祈りながら私は故郷に手紙を送りました――。

◆

「……さて、準備は整いました」

〝光の柱〟を十六本。国境沿いの定められた場所に設置して、私の血を染み込ませた札を貼り付けました。

あとはこの王都の教会の台座の上で古代語による呪文を唱えてそれから、神に祈りを捧げます。

「――なるほど。これほど、見事な手際で古代術式を展開させるとは。やはりあなたを我が王国にお呼びしようと提案したのは正解でした」

私が祈りを捧げようと台座に向かおうとしたとき、教会の中に長いきれいな金髪の男性が入ってきました。

随分と背が高い方ですね……。

その方がこちらに歩いてくると、次々と教会の関係者たちは彼に頭を下げます。

「ライハルト殿下！　こちらにおいでになられるなら、仰って頂ければ色々と準備を――」

ヨルン司教の一言で私は彼がパルナコルタ王国の第一王子、ライハルト殿下だということを知りました。

オスヴァルト殿下のお兄様ということですね。

「ヨルン司教、先触れもなくすみません。早く挨拶に来ようと思っていたのですが、やっと時間が取れましてね」

「そうでしたか。前もって仰って頂ければケーキでも準備したのですが」

「それは残念です。また、次の機会にお願いします」

ライハルト殿下はヨルン司教と雑談をした後に私に近付いて来られました。

「噂《うわさ》に聞く稀代の聖女様に会えて嬉しいです」

「い、いえ、私などそんな大層な者ではありません。私こそお声をかけてもらい光栄です」

爽やかに微笑《ほほえ》みながら、彼は私に握手を求めます。

オスヴァルト殿下とご兄弟なのに随分と感じが違うように見えました。華奢《きやしや》で中性的な雰囲気が特に……。

「それでは、くれぐれもこの国のことをよろしくお願いします」

ライハルト殿下に挨拶を終えた私は予定どおり大破邪魔法陣を展開する術式を起動します。

これで、しばらくは行動範囲がかなり狭まることになりました。

◆

「フィリア様〜〜、言われていた薬草を集めてきました〜〜」

メイドで、私の護衛でもあるリーナさんが頼んでおいた薬草を持ってきてくれました。

彼女を見ていると故郷に残した妹のミアを思い出します。ジルトニアの様子を、行商人の方に尋ねたりしましたが……彼女の活躍で今のところ治安はそれほど悪くなっていないようです。

「ありがとうございます。これで、新しい薬の開発が出来ます」

大破邪結界を発動させた私は魔物の駆除をパルナコルタ騎士団に任せっきりすることになったので、暇を持て余してしまいました。

ですので、私は新しい薬のレシピを作っては改良に改良を重ねたりして過ごしております。

何もしない時間というのは、本当に気持ちが悪いというか。なんというか、慣れないですね。

「あの～、これって何の薬なんですか？」

「これはですね。魚の目に効く薬です。ほら、足に出来る……あれですよ」

「へぇ～～、あれって薬で何とかなるんですねぇ。あっ、紅茶のおかわりはいかがですか？」

「頂きます。これを塗って、一晩眠ればきれいにポロッと取れますよ」

リーナさんはよく気が付く良い子です。紅茶の淹れ方も上手ですし。

この薬も長く研究しているので、ドンドン効き目が上がっています。

「前から思ってたんですけど～。フィリア様って、趣味とかあるんですか？」

趣味ですか？　趣味って所謂《いわゆる》その、余暇に楽しむことみたいな。

そうですね……。ミアは演劇やオペラを観《み》たり、音楽を鑑賞したりすることが趣味だと言っていましたけど、私は彼女に誘われて二、三回一緒に行った程度ですし。

そもそも暇があったら何か出来ることを探していますから、娯楽には物凄く疎いのです。

「特にないですね。強いて言えば読書でしょうか？　古代文字の書物を読んだり、学術書を読み込んで、考察したり……」

「読書ですか〜！　私も本を読むの好きですよ〜〜。特に恋愛小説とか、推理小説も結構読んだりしています」

しょ、小説ですか。つまり、創作物ってことですよね。もしくは娯楽文学というか。

そういうものは、ミアが幼いときにまだ一緒に暮らしていた頃、絵本を読み聞かせしたくらいですね。

「では、私のオススメの小説を何冊かお貸ししますよ〜。フィリア様は難しい本でもとても速くお読みになられるので、すぐに読み終わってしまうかもしれませんが。暇つぶしにはいいと思います〜」

リーナさんはとても可愛らしい笑顔で、私に小説を貸すと言ってくれました。

今までものの貸し借りをしたことがなかったので、何だか胸の中が温かい気持ちになります。

「フィリア様、昼食の支度が整いました」

そんな話をしていると、執事兼護衛のレオナルドさんがドアの外から私に食事の準備が出来たことを伝えました。

こちらのお屋敷に来てからというもの、美味しい食事を頂いています。

そもそも一週間くらい食べずとも平気なのですが、ここのところ三食欠かさず食べていますね……。

ジルトニアでは忙しいときは食事よりもお務めを優先して動いていましたが、こちらではスケジュールに随分と余裕が出来たからでしょう。

それにしても、特に最近は食事がより美味しく感じられる気がします。

「最近はレオナルドさんが食事を作っているんですよ。彼の趣味は料理ですから」

「えっ？　そうなんですか？　なんというか、その」

意外でした。人は見かけによらないと言いますが、レオナルドさんがあんなに美味しい料理を作るなんて全然想像もつかなかったです。

趣味というのは自分が感動するだけでなく、人を感動させることもあるのですね……。

「こんなに華やかなお料理をレオナルドさんが作っていらしたとは、知りませんでした」

「いやー、お恥ずかしい。似合わないとよく言われるのですよ。しかし、厨房《ちゅうぼう》に立っているときが私にとって最も楽しい時間ですので。――お口に合ったみたいで光栄です」

「羨ましいです。私には楽しいと思えるようなことがありませんから」

レオナルドさんのお手製料理を頂きながら、雑談をします。

よく考えると食事中に会話をするようになったのも、こちらに来てからです。

「ええ～、そうなんですか～？　私はこうしてフィリア様とお話しするのは楽しいですよ？」

「り、リーナさん？　私との会話で面白いところなんてありますか？」

「沢山ありますよ。フィリア様って博識ですし、色々とためになることを教えてくださいますから。何だか頭が良くなった気がしてすっごく楽しいです」

楽しいと思えることがないと口にすると、リーナさんは私との会話が楽しいと言い出します。

そんなことを言われたことがなかったのでびっくりしました。面白みがない人間だと思っていましたので。

「リーナさんも私もフィリア様と接する時間を楽しんでおります。もちろん仕事だと言えばそれまでなのかもしれませんが、これは本音です」

「ですから、フィリア様もいつか楽しんでお話し出来るようになってくだされば嬉しいです」

誰かと話すことが楽しい。過ごすことが楽しい。

二人は当たり前のようにそんなことを私に伝えます。私もいつかそう感じることが出来るようになるのでしょうか。

「フィリア様、ジルトニア王国からお手紙が届いておりました」

メイドの一人が私宛の手紙を持ってきてくれました。ミアからですね。

先日出した手紙の返事を書いてくれたのでしょうか。

しかし、彼女からの手紙は思いもよらぬ衝撃を私に与えました。

私はミアに魔界が迫る危機を手紙で伝えたはずです。それなのに、ミアからの手紙の内容は……。

予想外の出来事に私は動揺を隠せないでいました。

◆

「……ふぅ、どうしましょうか」

妹であり、ジルトニアに残ったただ一人の聖女であるミアに送った手紙。

それには近い将来に起こりうる最悪の事態についての記述をしています。そして、その事態に対しての可能な限りの対処方法も。

しかし、ミアから届いた手紙から分かった事実といえば、彼女が私からの手紙を読んでいないことでした。

彼女はここ最近の魔物たちの活動から違和感を感じ取り、私ならその原因が分かっていると確信していたみたいです。

そして、私はきっとそれについての手紙を送るはずだから、自分に連絡が来ていないのはおかしいと思ったとのことでした。

我が妹ながら、その勘の良さには尊敬すら覚えます。よくもまぁ、小さな違和感から自分に手紙が来ていないことが変だと思い、こちらに連絡をしようと思いたったものです。

とにかく父か母、あるいは二人共が私からの手紙を握り潰しているのは紛れもない事実。

理由は分かりませんが、おそらく私がミアに連絡を取ろうとしていることを嫌がっているのでしょう。

つまりもう一度手紙を送っても同じように無駄になる可能性が高いのです。

私の予測では魔界が地上に繋《つな》がるまで、時間がありません。だから、のんびりしている暇はないのです。

早く、ミアに手紙を届ける方法を考えませんと。

「フィリア様、何かお困りごとですかな？　私でよろしければ、相談に乗りますぞ」

迂闊《うかつ》にも独り言がもれてしまったみたいで、それを聞いていたレオナルドさんが私に話しかけてきました。

妹に手紙が届かないことを話しても良いものかと迷いましたが、私だけでは妙案が思いつくアテもありませんので、彼に話してみることにします。

側《そば》にいたリーナさんも同様に話を聞いてくれることになりました。

「ふむ。妹君への手紙がなぜか握りつぶされてしまうというわけですか」

「理由が分からないのは怖いですが、それを探る時間もないということですね〜」

レオナルドさんとリーナさんは話を聞くと、少しだけ黙って思考を巡らせます。

そして、最初に口を開いたのはリーナさんでした。

「ねぇ、レオナルドさん。ヒマリさんなら、確実にお手紙をミア様にお届け出来るんじゃないですか？」

「私もそれを考えていました。彼女ほどこの仕事に適した人材はいないかもしれませんな」

二人の口から出た「ヒマリさん」という方は、屋敷に勤めているメイドの一人です。

変わった名前でしたので、不思議に思っていたのですが、リーナさんによると小さな島国である『ムラサメ王国』出身なのだとか。

背は低く黒髪をポニーテールにしている方で、寡黙な印象の人でした。

「ヒマリさんにジルトニアまで手紙を持って行かせるということですか？　それがなぜ、確実な方法だと？」

まさかメイドに郵便物を運ばせる案が出るなんて思いませんでした。

ミアは聖女です。おそらく、護衛は私が向こうにいたときよりも多くなっているはず。

そんな状況で、他国の人間が彼女に軽々に近付くなど不可能だと思うのですが。もし見つかって捕まりでもしたら、国際問題にも成りかねませんし。

「大丈夫ですよ、フィリア様〜。ヒマリさんは〝忍者〟ですから。簡単に捕まりません」

突如、リーナさんの口から飛び出した〝忍者〟というワード。

忍者というのは確か、ムラサメ王国にいたという隠密《おんみつ》や諜報《ちょうほう》に長けた集団のことでしたっけ……？　歴史文献の知識しかありませんが、確かそうだったはずです。

「リーナの言うとおり、ヒマリの腕は確かですぞ。私やリーナ同様にパルナコルタ王室から直接、フィリア様の護衛を命じられた内の一人ですからな」

「ご、護衛ですか？　でも、ヒマリさんはお二人と違ってほとんど近くには」

レオナルドさんが言うにはヒマリさんもまた私の護衛役みたいなのですが、近くにいる頻度はそう多くありません。

これはどういうことなのでしょう。


「ヒマリさ～～ん。フィリア様がお呼びですよ」

リーナさんがそう声を出した瞬間、目の前の壁の中からいきなりヒマリさんが現れました。

えっ？　いつから、そこに居たのですか。

「ヒマリ、話は聞いていましたね。フィリア様の手紙を妹君であるミア様に届けることは出来そうですか？」

「無論です。フウマ一族の名に懸けて果たして見せます。我が主君、フィリア様。遠慮なくこの私に命じてください」

ヒマリさんは私の前で片膝をついて恭しく頭を下げます。

レオナルドさんによると彼女はずっと私の側に居たみたいなのです。それこそ、聖女としてのお務めをしている最中も含めて全部。

これでも私は気配を察知する能力は鍛えています。魔物たちに襲われることも少なくありませんから。

そんな私がまったく彼女の存在を認識出来なかった。

どうやら彼女は自分の気配を完全に断つ術をマスターしているようです。

「では、ヒマリさん。妹のミアに手紙を渡してきてもらえますか？　くれぐれも無理をせずに、見つかりそうになれば遠慮なく逃げても構いませんので」

「御意。この命を賭して、主君からの密書を確実にお届けしましょう」

手紙を彼女に渡した、その瞬間――ヒマリさんはパッと姿を消して部屋からいなくなってしまいました。

他国の者が聖女に近付くのは危険ですが、時は一刻を争います。どうか、ヒマリさんがミアに接触出来ますように。

私は神に祈りを捧げながら、彼女らの身を案じました。

「それで、そのう。フィリア様の妹君のミア様ってどんな方なんですか～？　やっぱり、フィリア様に似て美人さんなんですか？」

ヒマリさんが出ていって、紅茶のおかわりを持ってきたリーナさんは興味津々という表情でミアについて尋ねます。

そんなに気になるものでしょうか？　確かに聖女の家系というのは特殊ですけど……。

「そうですね。容姿は美しいと評判でしたよ。愛嬌《あいきょう》もありますし、誰とでも仲良くなれるタイプですから聖女として国中で人気がありましたし」

「でも、フィリア様の方が歴代最高の聖女って言われていますし。人気者だったんじゃないですか？」

「そんなことありませんよ。それに、私はミアよりも幼いときから修行をしていましたので、力の差は単純に年季の差です。あの子の才能は突出しておりました。今でも鮮明に覚えています。ミアが聖女になった日、初めて一緒にお務めに出たときのことを――」

私は幼いときから親元を離れて教会に住んでいて、母や先代聖女である伯母から厳しい特訓を受けていました。

聖女になるまで十年はかかったと思います。

一方、ミアは半年ほどの修行で聖女としてデビューしました。

彼女とは時々会っていましたが、よく話すようになったのは共に聖女としての活動をするようになってからです。

あの子は紛れもなく天才でした。一を見せれば十覚えてくれるような……。

修行の期間が少なくて心配していましたが、そんな心配は初日で消し飛びました。

私が術を極め、聖女としてのあり方を彼女に示したのは彼女に失望されたくなかったからです。

あの日、「やっぱりフィリア姉さんは凄い。私、決めたわ。いつか、姉さんみたいな立派な聖女になる」と目を輝かせたミアの前を歩き続けたい。そう思ったからでした。

ミア、私がジルトニアを去ってからあなたは元気でやれているでしょうか――。

第二章　故郷に迫る危機

chapter Two

◇（ミア視点へ）

このジルトニア王国には最近まで聖女が二人いた。

一人は私、そしてもう一人は一つ年上の私の姉。名前はフィリア・アデナウアー。


フィリア姉さんは紛れもなく天才だった。聖女として必要な知識も力も私などでは及びもつかず、出来ないことは何もないって思わせるくらいの完璧さが彼女にはあった。

結界を張るくらいなら私でも出来る。もちろん、フィリア姉さんには劣っているけど。

今は引退している先代聖女である伯母や先々代聖女の祖母よりも威力が強いと褒められたことがあるので、それなりの力は発揮出来ているはずだ。

彼女が凄《すご》いのは従来の聖女のお務めだけでなく、新薬の開発や魔物の生態系調査、農業の発展などそういう別分野の研究も行って、国民たちの生活全体を支えていたことである。

私はそんなフィリア姉さんを心から敬愛していたし、そんな姉がこの国の第二王子であるユリウス殿下との婚約を発表したときは跳び上がるほど嬉《うれ》しかった。

自慢の姉がゆくゆくは王妃になると考えると国は安泰だと心から思えたからだ。

それなのに――。

ある日、姉さんはこの国からいなくなった。私に何も伝えずに、突然彼女は隣国のパルナコルタ王国の聖女となったのだ。

両親にその件について聞いても彼女が自ら進んで隣国に行くことを決めたとしか言わなかった。

どうやらパルナコルタは聖女がいなくなったらしく、物凄い大金や資源と引き換えにしてこのジルトニア王国からフィリア姉さんを買ったのだ。

両親は黙っているが、信じられないことに結構な大金を受け取っているらしい。

父はさっそく大きな屋敷を買おうと王都でも有名な建築家と話をしており、母は宝石や高級な衣類を買い漁《あさ》っていた。

「何か欲しいものはあるか？」と聞かれたが、私は吐き気を抑えるので精一杯だった。

姉さん、なんで一人で行ってしまったの？　父も母もどうして、姉さんがいなくなってもそんなに平気でいられるの？

確かにフィリア姉さんは向上心が強く、私が物心ついたときから家を出て修行をしていたので、あまり家に執着はしてないのかもしれないとは思ったことはあるけれど。

だからといって、聖女として誰よりも国のために頑張ってきた彼女をあっさり引き渡してお金を受け取るなんて、私は到底受け入れられない。口では寂しいとか、悲しいとか言っているけど、今まで見ていた両親とはまったくの別人に見えてきて怖かった。

どうも違和感がある。フィリア姉さんは本当に〝自分の意志〟で隣国に行ったのだろうか？　そもそも、ユリウス殿下と婚約していたのだからそういう話が来るなら婚約者のいない私の方じゃない？

そういえば、ユリウス殿下は自分の愛する婚約者を隣国に売るみたいな真似《まね》をしたのは不本意だったと言っていたらしい。国の将来を考えて自分の幸せよりもそちらを優先した、と涙ながらに語っていたとも聞いた。

彼ならフィリア姉さんが隣国の聖女になった経緯を知っているはず。

今日、父が侯爵になった記念のパーティーにユリウス殿下が来ている。スキを見て彼に真相を聞いてみよう。

もちろん、フィリア姉さんが完全に自分の意志でパルナコルタに行ってしまったのなら私は何も言わない。自分も姉さんのように国のために尽くせる聖女になると誓って、寂しいのも我慢するし、お務めも頑張る。

そして、私は両親のことも信じたい。でも、このモヤモヤした気持ちを放っておくことは出来ない。

だから、まさに今ユリウス殿下に近付いて彼に質問を投げかけようとしていた。

でもその前に、殿下は私に――。

「ミア・アデナウアー……。僕の妻になってくれないか？　可憐《かれん》で美しい君こそ僕の妻にふさわしい……」

数日前にフィリア姉さんとの婚約を解消したユリウス殿下はこともあろうに元婚約者の妹である私に求婚してきた。

これはどういうこと？　まさか、姉さんはユリウス殿下に？

心の中のモヤモヤは解消するどころか、大きくなってしまう。

殿下、私にはどうしてもこの場で求婚してくるあなたに疑問しか浮かばないわ――。

◆

パーティーで私に求婚をしてきた姉さんの元婚約者であるユリウス殿下。

普通、愛する婚約者を失って数日で別の女性に求婚って非常識じゃない？　それも、元婚約者の妹である私に。

フィリア姉さんが居なくなって自暴自棄になったのか。いや、そんな感じには見えない。自信満々といった表情だし。

殿下がもし、姉さんの元婚約者でないなら求婚を前向きに受け止める可能性もあったと思うけど。このタイミングでこんなことを言ってくるような人とは、正直言って絶対に夫婦にはなりたくない。

――でも、ユリウス殿下はフィリア姉さんが隣国に行ってしまった本当の理由を知っているかもしれない。


それに、両親は王家と懇意にすることを悲願だとしている。それはフィリア姉さんが婚約をするという報告をしたときに言っていたから間違いない。

両親がフィリア姉さんを送り出しても平気そうな顔をしているのが、変だと思ったのはこの辺も絡んでいる。王家と親族になれるチャンスを失ったのに、そこには一言も触れなかったからだ。

まさか、両親は私が殿下から求婚されることを知っていた？

とにかく本当のことを突き止めるためには、何とか殿下の口を割らせなくてはダメだ。彼に近付いて探らないと。

「――少しだけ考えさせてください。姉が隣国に行ってしまってまだ間もないので、結婚なんてとても考えられないのです。お声をかけてくださったこと自体は嬉しかったのですが」

私は嘘《うそ》をついた。ユリウス殿下の求婚などこれっぽっちも嬉しくなかったし、おぞましいとすら思っている。

ただ、今の時点で彼の不興を買うことは真実を知る上で明らかに悪手。だから、自分を殺して接しなきゃいけない。

だからといって、ホイホイ求婚を受けるのも良くない。焦《じ》らして、冷静さを失わせて、欲しい情報を引き出すの。

駆け引きは得意じゃないけど、フィリア姉さんのことをはっきりさせられるのなら、私は鬼にだってなってみせる。

いつもニコニコ笑っていると思ったら大間違いなんだから。

「ふむ。そうだな。君が姉君を尊敬しているのは知っている。これは、僕が軽率だったようだな。君の姉は素晴らしい聖女だった。まさに完璧という言葉が相応《ふさわ》しく、僕には勿体《もったい》ない人だったよ」

「殿下にそのように仰《おっしゃ》って頂けて姉も嬉しく思うでしょう」

あっさりと殿下は引き下がった。隠していたつもりだが、私の不快感を察したのかもしれない。

だけど、彼のアプローチはこれで終わらなかった。

「ならば、一度婚約の話は忘れてもらって、僕と遊びに出かけないか？　君に僕のことをもっとよく知ってもらいたいんだ」

殿下は私をデートに誘ってきた。下から上に舐《な》め回すように視線を送りながら。

私は無言で頷《うなず》いた。彼の懐に入り込むことが出来れば、真実を知ることが出来るだろうから。

そんな私の気持ちを知らない彼はニンマリと笑いながら、手を振って私から離れていった。

フィリア姉さんは、本当に彼に愛されていたのか、私は疑心暗鬼になっている。

「はっはっは、ミア。聞いたぞ、ユリウス殿下がお前に求婚したって。もちろん、承諾したんだろう？」

パーティーが終わると、上機嫌そうに笑いながら父が私に話しかけてくる。

やっぱりおかしい。こんな非常識な求婚を笑っていられるなんて。

「いいえ、お父様。フィリア姉さんのこともありますし。今すぐ結婚など私にはとても」

私は殿下の求婚を保留にしたことを父に話した。

すると、父の目つきが鋭くなる。私が姉さんの名前を出したその瞬間に。

しかし、それはほんの一瞬だった。彼はすぐに笑顔を作り――。

「そうか、そうか。確かにあの子が居なくなったばかりなのに時期尚早だったな。しかし、フィリアも隣国の聖女として新たな人生を歩みだしているのだ。彼女は愛する妹の幸せを願っていると思うぞ」

フィリア姉さんが新たな人生を、か。聖女として歴代の誰よりも功績を立てて王子と婚約して、これから幸せの絶頂に向かうってときにそれが崩れたっていうのに。

それにしても父もちょっと違和感があるだけでほとんど普段どおりだ。

殿下にも探りを入れるつもりだけど、父からも出来るだけ情報を仕入れたい。

良い子のままじゃダメだよね。狡《ずる》くならなきゃ、上手《うま》く騙《だま》して油断させて。

それから、どうしよっか……？　分からないけど、何か考えなきゃ。

この日から、私はなぜフィリア姉さんが婚約を破棄されて隣国に売られるみたいな真似がまかり通ったのか、本気で調べてみることにした。

殿下と何度も会って、したくもないデートをしたり、両親が居ないときを見計らって家探しをしたりして。

それにしても、聖女としてのお務めを多くこなすことになって気づいたけど、最近魔物の数が異常に多い。

フィリア姉さんが居れば何か原因が分かったんだろうけど。

姉さん、せめて手紙くらい送ってくれないかなぁ。


「おおっ！　さすがはミア様！」

「術式を起動させる速度は姉のフィリア様以上！」

「フィリア様が抜けた穴をいとも簡単に埋めるとは、驚きました」

ユリウス殿下から命じられたらしく、護衛の兵士が以前の十倍に増えた。魔物が特に多い漆黒の森で私は結界を張っている。森は広大だから、全体に結界を行き渡らせるためには一日じゃ終わりそうにないわね。

まったく、「いとも簡単に埋める」なんてことよく言えるわ。

フィリア姉さんは結界を張るだけじゃなくて、薬草の群生地や珍しい鉱石を発見したり、空いた時間に古代語を翻訳して大昔の術式を再現したりと、色々とやっていたんだから。

一年も経《た》てば、この人たちも姉さんが居なくなった損失に気が付くはず。

両親もフィリア姉さんも私を天才だと持ち上げるけど、やっぱり姉さんには遠く及ばない。

あの人はどこまでも完璧でどこまでも仕事熱心だったから。

確かに私の術式は起動スピードがフィリア姉さんよりも速い。歴代の聖女の中でも最速と言われている。

でも、私の結界は姉さんのものより数段脆《もろ》い。だから、一気に大量の魔物が攻めて来ると破られる可能性が高いのだ。

そうならないように基本的に二重、三重に重ねて結界を張っているけど。

ユリウス殿下に少しずつ探りを入れて分かったのは、彼は姉から私に完全に乗り換えようとしていることだ。

あの人はスキあらばフィリア姉さんを下げて私を持ち上げるような発言を繰り返す。

「フィリアには面白みってもんが、なかった。その点、君はチャーミングだしユーモアもあって一緒にいて楽しい」

ヘラヘラと笑いながら姉さんの悪口を言っている殿下が私は許せなかった。

やはり、フィリア姉さんが邪魔になったから遠くに追いやるような真似をしたのだろうか。

「ミア様！　危ない！」

「くっ！　なんて数の魔物なんだ！」

しまった。結界を張っている最中にちょっと油断していたら、ゴブリンやリザードマンといった魔物の集団がこちらに向かって来ている。

はぁ、仕方ないわね。護衛の人たちも面食らって動けてないみたいだし。

「――シルバー・ジャッジメント！」

私は素早く魔力を込めて対魔物駆除の術式を発動させる。

十字の形をした銀色の光の刃が次々と突き刺さり、魔物たちは絶命した。

「す、すごい！　魔物の群れを一瞬で」

「術があまりにも速すぎて見えなかった」

「戦っている姿も美しくて可憐だ」

護衛の兵士たちがホッとした表情で私に駆け寄ってくる。うーん、どっちが護衛なんだか分からないけど。まぁいいか。


それにしても、少し気を緩めていたとはいえ結界を張るよりも早く魔物の集団に出くわすなんて今までなかったんだけど。やっぱり、最近この付近の魔物の様子がおかしいわ。

私でも違和感があるのだから、フィリア姉さんが気付かないはずがない。

――姉さんから何の連絡もないのはどう考えても変だ。フィリア姉さんだったらきっと私を心配してくれて、何かを教えようとしてくれるはずだもん。

「お母様、姉さんから手紙などはありませんか？」

「フィリアから手紙？　知らないですよ」

「本当ですか？　忘れていませんか？」

「いいえ。あの子も他所《よそ》の聖女になったのだから、そんなもの送ることはしないでしょう？　そういう薄情なところがある子でしたから」

お務めを終えて帰宅した私は母にフィリア姉さんからの手紙がないか尋ねた。

彼女は素知らぬ顔をしてそんなものはないと答える。

姉さんは薄情なんじゃない。感情表現が苦手なだけで優しい人だ。分かってくれていると思っていたのに。

しかし、本当に手紙などないのだろうか？　それとも、手紙を隠す理由でもあるのだろうか？

「ミアもそろそろ姉離れした方がいい。フィリアは自ら望んで隣国の人間になったのだ。もう頼れないのだから、忘れる努力をなさい」

母から何を聞いたのか、食事の時間になって父は私にフィリア姉さんのことは忘れるように言ってきた。

両親ともにこんな調子だから、これ以上の探りを入れても無駄だろう。それなら、私にも考えがある。

私はこっそりと手紙を書いた。フィリア姉さんに向けて。

もしも姉さんが手紙を書いてくれていたなら、次はきっと私の手元に届くように返事を書いてくれるはずだ。

明日はまた殿下と会う約束をしている。短い時間だけど、何か新しい情報を掴《つか》みたいな。

◆

「フィリアが居なくても聖女としての務めを問題なくやっているそうじゃないか。むしろ、護衛の者たちは君の活躍と快刀乱麻の術捌《さば》きが見られて良かったと言っているぞ」

これで、ユリウス殿下との三度目の食事。なかなか欲しい情報を言わない彼だが、要らない世辞だけは耳にタコが出来るくらい囁《ささや》いてくる。

フィリア姉さんを下げるような言い草は絶対に許さないんだから。私が姉を慕っていることは殿下も知っているはずなのに、なぜピンポイントに苛《いら》つかせるようなことを言うのか、理解に苦しむ。

「ユリウス殿下、姉は本当に自分の意志でパルナコルタ行きを決めたのですか？　誰にも強制されずに。私はこの国を愛しており、国のために尽力していた彼女がそのようなことを希望するとはどうしても思えないのですが」

食事もそこそこに、私は殿下に質問をする。

無論、正直に答えるとは思わないけど、何かしらボロを出す可能性もあると考えたからだ。

ユリウス殿下はワイングラスを軽く揺らして、ワインの色を眺めながら口を開く。

「ふーむ。また、その話か。君の両親からも聞いているだろう。君の姉上は自分の意志で自らの道を選んだのだ。そもそも、フィリアがこの国に尽力していたというのは思い違いだ。今だからはっきり言えるが、彼女は自分の力をひけらかし、自分を大きく見せることに必死だっただけとしか思えない。僕もあの悪癖には少しばかり迷惑していたのだ。一流の薬師や医者、建築士に学者たちの苦情を聞いてそれを宥《なだ》める僕の身になって欲しいと――」

姉さんが自分の力をひけらかしていた？　薬師たちが嫉妬したのは、フィリア姉さんが聖女としてのお務めをしている傍らで成果を出すものだから、自分たちの怠慢を叱責されることを恐れたからじゃない。

姉さんは言っていた。聖女というのは結界を張るだけじゃなくて、国の繁栄を願ってそれに貢献出来るように動ける人だって。

それに、迷惑していた？　そういうときに守るのが婚約者としてのあなたの仕事じゃないの？

なんで、そんな戯言《たわごと》に同調なんてしているのよ。

分かっているわ。それが本音ってことよね？　隠しているつもりでも隠せてないわよ。

「その点、ミア。君は余計なことをせずに聖女としての務めのみに集中して天才性を発揮している。皆、美しい君のことが好きだし、愛される素養があることも素晴らしい。僕は分かっているよ、本当の意味で歴代最高の聖女は君だってことを」

許せない。フィリア姉さんを下げて私を持ち上げるなんて。

姉さんの才能と努力とそれによって培われた成果と比べたら私なんて凡庸そのものなのに。

そもそも、歴代最高の聖女と言われるようになったのは、この国だけじゃなくって、世界中に影響を与えた破邪術式の発明とか、そういう新しい成果が実績としてあったからじゃない。

――だからこそ信じられないのよ。姉さんを手放したこの国が。

国王陛下は病気がちで、第一王子であるフェルナンド殿下も元々体が弱いから、最近は国の方針を決める実権を彼が握るようになっているみたいだけど、驚いたことに本気でフィリア姉さんの実績を軽んじているのね。

「歴代最高とか評価されていたから付き合ってみたが。君と比べたら可愛《かわい》らしさというものに些《いささ》か欠けていたな」

もうダメだ。この人がフィリア姉さんを見放したことは間違いない。

ブランドとか、物珍しさで遊んでいただけだったんだ。

口を軽くするためにハイペースでお酒を飲ませていたら、思った以上に口を滑らせるものだから、私は吐き気を催しそうになっていた。饒舌《じょうぜつ》にさせようとした狙いは成功したのに、全然嬉しくない。

「ははっ、君は既に姉上を超えている。自信を持て！　君のような美しくて才能も豊かな者こそ我が妻に相応しい！　僕の妻になれば、何でも好きなものを与えてやろう！」

反吐《へど》が出そうな下品なセリフで私を口説くユリウス殿下。

姉さんはこんな男と別れて正解だったわ。この男はフィリア姉さんには安すぎる。

フィリア姉さんがパルナコルタでどんな扱いを受けているのか不安ではあるけど、この男に嫁がなくて良かったと本気で思ってしまった。

姉さん、ごめんなさい。私、この人に我慢出来ません。

だから私は、この人の婚約者になります。姉さんの代わりに復讐《ふくしゅう》を果たすために。

こんな選択をしてもフィリア姉さんが喜ばないのは分かっている。我儘《わがまま》で身勝手な妹をお許しください。

◆

「はっはっは！　ミア、よく決心してくれた！　これでアデナウアー家も未来永劫《みらいえいごう》、安泰だ！」

ユリウス殿下と婚約を決めたと報告すると父は大喜びで私を讃《たた》えた。

まるでフィリア姉さんの婚約などなかったかのように。どうせ引っ越すのだからと、彼は姉の部屋を物置にしているし。

もしかしたら、今まで私は大事なことを何も知らずに生きていたのかもしれない。

「でも家族で過ごせる時間は少なくなるでしょう。ミアが家を出ると寂しくなります。家族みんなで一緒にいられるのは今の内だけですね」

母は私を抱きしめながら寂しいと口にした。既に姉さんも家を出ているのだから、家族みんなも何もないと思うんだけど。

「婚姻しても家にはいつでも帰ってくることは出来ますよ」

私は適当に母の言葉に反応して、今の状況について考えた。

もしもフィリア姉さんが手紙を送ってきて、それを私に見せていないという仮定が事実だとしたら、私はもはや誰を信じて良いのか分からなくなる。

でも、とにかくまずは殿下だ。あの人は絶対に姉さんをパルナコルタに売るにあたってアクションを起こしたに違いない。その報いをどうにか与えてやろうと怒りに任せて婚約したが、どうやってそれを成そうか、まだ上手い方法をほとんど思いついていないのだ。

「もうちょっと、焦らすべきだったかしら……」

「ん？　何か言ったか？　ミア」

「いえ、何も。ちょっと考え事をしていただけです。フィリア姉さんが居なくなったので聖女のお務めも増えていますから」

「ふむ。なるほど……」

実際、私は暇ではない。なるべく手早く片付けようとしているが、フィリア姉さんの抜けた穴は大きく、簡単には埋まらないのである。

兵士たちは「無理しないで休んでください。フォローはしますから」と言ってくれているが、姉さんが居なくなって死人が増えたとか、そんなことが起こるなんて耐えられない。

聖女としてのプライドとかじゃないけど、聖女ってそういうものだって姉さんが教えてくれたから。力が及ばずとも出来るだけのことはしたいのだ。

そんなわけで、私はこれまでにないほどのハードスケジュールで動いている。明日の朝も早いだろう。

◆

「もう十箇所目だというのに華麗な術捌きは健在！」

「殿下が仰るとおり、歴代最高の聖女はフィリア様ではなくミア様かもしれませんな」

「いやー、今日もお美しい。婚約された殿下に嫉妬してしまいそうです」

ふぅ、さすがにちょっと疲れた。褒め言葉よりも、タオルを持ってきて欲しいんだけど。喉も乾いているし。

どうして、男の人って気が利かないのかしら。

「ミア様、タオルをお持ちしました。あと、アイスティーをどうぞ」

「ありがとうございます。あっ、このお茶……私が好きな銘柄のものです」

そんな私にタオルと冷えた紅茶を出してくれた小柄な兵士が一人。珍しいな。こんなに気が利く子がいるなんて。

声からするとまだ少年って感じだけど。

あ、あれ？　タオルの下に何かある。これは手紙？　てことは、まさか。

「やっぱり……」

宛名の文字。この几帳《きちょうめん》面さが表れたきれいな文字はフィリア姉さんの字だ。

こういう渡し方をしたということは、やっぱり姉さんは私に手紙を出していたんだね。

私からの手紙を見て、自分の手紙が届いてないことを知ったフィリア姉さんは、今度は確実に私に手紙を渡そうとこの人に託したんだ。

そして、この人は私の護衛をしているジルトニアの兵士に紛れて、パルナコルタからわざわざ私のために危険を冒してまで手紙を届けに来てくれた。

「良かった……」

私は心の底からそう思えた。少なくとも向こうにはフィリア姉さんの味方がいる。

こうやって体を張ってくれる様な有能な人間が複数人。

そりゃ、そうよね。姉さんみたいな人材、たとえお金で買おうとも厚遇されて当然だ。

隣国で酷《ひど》い扱いを受けているかもと心配をしていたが、どうやら杞憂《きゆう》みたい。

「ミア殿、心配めされるな。我が主君、フィリア様はパルナコルタにて達者に過ごしておりますゆえ……！」

そんな私の心を読んだのか、姉さんの手紙を持ってきてくれた人は独特の言葉遣いで姉が健在だということを教えてくれた。

それが分かっただけで十分幸せ。姉さんに手紙を送って本当に良かった。

「ん？　ミア様と話している兵士、あんなに小さな兵士は居たか？」

「いや、オレは聞いていないが」

「ミア様があれほど麗しい笑顔を向けておられるとは、どんな媚《こび》の売り方をしたのだ？」

「臨時で雇った少年兵ではないのか？」

気付けば、他の護衛たちの視線がこちらに向いている。

おそらくこの人が見慣れない風体だからだろう。

このまま、ここで話を続けるわけにはいかない。

「あ、あの！　今夜、私の部屋の窓の鍵を開けておきます。出来れば、もう少しお話をしたいのですが」

どうしても知りたかった。フィリア姉さんのことをもっと詳しく。この人から。

私は無理を承知でわがままを言った。

「……御意。フィリア様の妹君であるあなたがそう望むのであれば、それくらい容易《たやす》いことです」

そう言い残して小柄な兵士は森の中に入り、煙のように姿を消す。

その後、何を話していたのか聞かれた私は、忘れ物を届けてもらってそのお礼を言っただけだと答えると、それ以上は何も聞かれなかった。

実際、あの人が暗殺者とかだったら、この人たち私の身を全然守れてないのよね。まぁ、簡単には殺《や》られないから良いんだけどさ。

そして、その日の夜。

私はフィリア姉さんの屋敷でメイド兼護衛をしているという小柄な女性、ヒマリさんと話すことが出来た。

◆

「あの～～、ヒマリさんでしたっけ？　まさか屋根裏から来られるとは思いませんでした。せっかく窓を開けていたのに」

「此方《こちら》の窓に門兵の視線が集中しておりましたゆえ、やむを得ず屋根裏から参上した次第です。お許しください」

なるほど、確かに不自然なほど窓を開けてしまい、要らぬ心配を門兵にかけてしまったみたいだ。

フィリア姉さんの屋敷のメイドであり護衛だというヒマリさんは、その状況をきちんと読み取って別の方法で私の元にやってきた。

この人はやはり優秀な人だ。私の護衛ってあんなに人数がいてなんでみんなスキだらけなんだろう。


「ミア殿、フィリア様曰《いわ》く時は一刻を争います。いや、既に遅いくらいだとも仰せになっておられました。聖女一人では抑えられる状況でない、と」

ヒマリさんの言うとおり私はフィリア姉さんの手紙を見てゾッとした。

魔物たちの楽園と呼ばれる「魔界」がこの地上に接近しようとしていると推測した彼女は、これから起こりうる事態を手紙に細かく記してくれている。

それは見る者に絶望を与える予言だった。

魔物の大量発生による結界の無効化。そしてなだれ込む凶暴化した魔物たちによる破壊と殺戮《さつりく》。

それが国中の至るところで頻発するとなれば、確かに私一人ではどうすることも出来ないだろう。

フィリア姉さんは『大破邪魔法陣』という古代術式を使ったのか……。日頃から古今の術式の研究に余念がなかった彼女だからこそ、いや彼女にしか出来ない解決方法だ。

私に出来るのは術式を早く起動させることのみ。姉さんの解決案は脆くても良いから大量に集中的に結界を張りまくる物量戦術を取ることだった。

それまでの間、魔物を抑えるために沢山の人手がかかるし、出来れば先代の聖女だった伯母様の助けも借りた方が良いとのこと。

――つまり、ジルトニア王国はこの事態に総力戦で掛からないと危機を乗り越えられないのである。


「国が総力を上げて、か。難しいだろうな～」

「フィリア様もそこを気にしておられました。自分の忠告など聞いてもらえぬのではないかと」

「姉が、ですか？　私は忠告を受け入れられない心配はしてないのですが」

フィリア姉さんは自分の意見が軽んじられることは予測していたってこと？　やはり、前から雑に扱われていたのかしら。

とにかく、今は急ぐときだ。危機が迫っていることをちゃんと伝えて備えないと。

でも、ダメだ。上手くいくビジョンが浮かばない。

もしも、本当にフィリア姉さんの意見をユリウス殿下が本気で受け止めないのなら、それだけで終わってしまう。


「逃げられますか？」

「えっ？」

「あなた一人を連れてパルナコルタに向かうくらい容易いこと。フィリア様もあなたの身を案じておられます。今のうちに安全なところへ」

――逃げる？　私がパルナコルタへと？

そんなこと、考えてもみなかった。確かに素敵な話だと思う。聖女としての重責からも解き放たれて、姉さんにも会えて、安全を確保出来るのだから。

でも私は――。

「私は聖女です。この国を守護する。たとえ、厳しい冬がやって来ようとも、一人だけ南国へバカンスに行くわけにはいきません。それを知っているから、恐らく姉も逃げろとは言わなかったでしょう？」

フィリア姉さんと同じ聖女であることが私の誇りだった。

力が及ばなくても、未熟でも、出来ないことだらけでも、その義務を放棄するわけにはいかない。

国が魔物だらけになったとしても、ちょっとでも被害を少なくしなければ。

厳しい状況なのは分かっている。でも、私は最後まで国を助けるために頑張るよ。姉さん……。

「フィリア様に似ておられる。何とも頑固な方だ」

「それは私にとって一番の褒め言葉です」

姉さんのような聖女になりたいって思っていたから。

フィリア姉さんがいないなら、私がやらなきゃ。

拳を握り締めて私は、そう覚悟を固めた。

「ミア殿の覚悟、しかと聞きました。フィリア様に伝言などありますか？」

「姉に伝言？――またいつか。そう、またいつか、オペラでも観《み》にいきましょう。とでも伝えてください」

「――っ!?　御意」

私がフィリア姉さんへの言葉を告げると、ヒマリさんは少しだけ目を見開いて驚いた顔をした。

そして静かに頷いたと思えば、既に私の視界から消え去っていた。

姉さん、私はまだ諦めてないよ。

また、あなたと会える日が訪れることを。

本当は逃げ出した方が賢い選択だったんだと思う。

ジルトニア王国はそれくらいの窮地なのだ。

◇（フィリア視点へ）

「そうですか。ミアは元気そうでしたか」

ヒマリさんを送り出して五日後、彼女は無事に妹へ宛てた手紙を届けて戻ってきました。

今から準備をしてギリギリのタイミング。彼女がユリウス殿下などを動かして、国の総力をあげて取り組めば何とか被害を食い止められるでしょう。

しかし、殿下が私の忠告を飲み込むかというと――。

「難しいでしょうね。やはり、ミアが自分の意見として申告するように提案しておいて良かったです」

ですから私は手紙の最後にこう付け加えました。

魔界の接近はミアが自分自身で突き止めた、と言うべきだと。それなら、私の意見よりも幾分通りやすくなるのではないかと思ったからです。

でも、ヒマリさんが逃げないかと提案したのをミアが断ったと聞いたとき、私はとても不安になりました。

「ミア殿のこと、ご心配ですか？」

そんな私の心の内を見抜くかのようにヒマリさんは声をかけます。心配しないはずがないじゃないですか。彼女に危険が迫っていて、それに力が貸せないなんて。

「あなたは心の揺れを見抜くのが上手いですね。表情には出してないと思っていたのですが……」

「幼少期より顔色ばかり見て過ごしてきたゆえ、読心術を少々。妹君を助けたいのでしたら、いっそのこと攫《さら》って参りましょうか」

眉一つ動かさずに彼女は物騒なことを言われます。

ヒマリさんなりにミアの心情と安全を考えての手段なのでしょうが。そんなことをすれば、きっと私はミアに恨まれてしまうでしょう。

あの子のプライドを踏みにじるわけにはいきません。

「あの子はそれを望まないでしょう」

私はヒマリさんにミアが私に助けられることを望まないと伝えます。

彼女の性格はよく知っているつもりです。ですから、私はミアの意志を尊重したいと思っています。

「では、護衛を立てられるのはいかがです？　私なら人目につかずミア殿に狼藉《ろうぜき》を働く者を屠《ほふ》ることが可能。ジルトニアの兵士たちの力はアテにならぬように見えましたゆえ、助言致します」

ヒマリさんはジルトニアの兵士の力を頼りないと批評しました。

確かに世界一の騎士団を持つパルナコルタと比べて、武人一人ひとりの力でジルトニアは劣るかもしれません。

そもそも聖女自体が身を守る力に長《た》けていますから、護衛というよりも世話係という側面が強いというのもあります。

「……ヒマリさん。嬉しい申し出ですが、どうしてそこまで？　あなたの仕事の範囲を超えていると思いますが」

私には不思議でした。彼女がそこまでミアを気にかけることが。

隣国の聖女を人知れず守ろうなんて普通は口にしないでしょう。

「フィリア様も聖女としてのお務めの範疇《はんちゅう》を超えて仕事をされておられる。それにフィリア様もミア殿もお互いに尊重し合い、お互いを大切にしておられます。——私には四人の妹と弟がおりました。しかし家同士の抗争に巻き込まれ、妹も弟も皆死に申した。だから、せめて主君であるフィリア様には同じ目に遭って欲しくないのです」

彼女の透き通った黒い瞳から伝わるのは、深い悲しみと慈しみの心。

そうですね。あなたの言うとおりかもしれません。

ミアにはミアの覚悟がある。しかし、私はミアに生きていて欲しい……。

「ヒマリさん、あなたの腕を見込んでお願いがあります。ミアを、妹を守って頂けませんか？

そして、もしものことがあったとき、あの子を連れて逃げてください」

私は聖女だということも忘れて、身勝手にもミアの生存を望んでしまいました。

「御意。ミア殿を必ずや守り抜いてみせます」

「あなたも生きて帰ってきてくださいね」

「それは、ご命令ですか？」

「いいえ。お願いです」

ヒマリさんはそれを聞いて、音もなく消え去りました。

酷なことを申し上げたと、少しだけ後悔しております。

私が妹のために出来ることは他に何かあるでしょうか。


「あ、あのう、フィリア様。お客様がいらっしゃいました」

「お客様ですか？」

リーナさんの声に私は気付いて振り向きます。どうやら、お客様が来られたみたいですが、どなたでしょう。

「そ、それが……」

「フィリアさん、お久しぶりです。今日もパルナコルタ王国は貴女《あなた》のおかげで平和な日常を得ることが出来ました」

玄関で黄色のフリージアの花束を持って立たれていたのは、ライハルト殿下。このパルナコルタ王国の第一王子です。

前に大破邪魔法陣を形成したときに会って以来ですが……。

「これは、ライハルト殿下。先日はあまりご挨拶も出来ずに失礼致しました。こちらにわざわざ来られたということは、何かしらお急ぎのご用件があってのことでしょうか？」

ライハルト殿下の突然の訪問に驚きつつも、私は殿下に頭を下げて挨拶をしました。

「ああ、いえ。すみません。突然訪問して驚かせたみたいですね。今日は用事というより、お願いに参りました」

「お、お願いですか？」

殿下は予想外のことを口にされて私は困惑してしまいます。私にお願いとは一体何なのか。

まったく想像出来ません。

ライハルト殿下は真剣に私の顔をまっすぐに見つめて口を開きました。

「フィリアさん、私の妻になってもらえませんか？」

「えっ？　つ、妻ですか……!?」

花束を渡しながらライハルト殿下はいきなり私に求婚されます。

あまり突然で、そして自然な求婚に私は驚いてしばらく言葉が見つかりませんでした。

◆

「え、え、え～っ！　ライハルト様がフィリア様に求婚～～～っ!!」

リーナさんは顔を真っ赤にして、私以上に驚きを露《あら》わにしていました。

いえ、私も確かに驚いてはいるのですが、それよりも『なぜ?』という疑問の方が強いのです。

私は隣国の生まれであり、この国とは縁もゆかりもございません。いわゆる他所の人間です。

この国の第一王子となると当然、王位継承順位は一位となるはず。つまり、ライハルト殿下の婚約者になるということは将来の王妃になる約束をするも同然なのです。

ジルトニア王国からお金を出して買ったような女と結婚をするメリットが分かりません。

「ライハルト殿下、お戯れはお止《や》めください。私みたいな者が殿下と結婚出来るわけないではありませんか」

からかわれている。私はそう思いました。わざわざ屋敷に赴いて、そんな遊びをする理由は分かりませんが、そうとしか考えられなかったからです。

「私は遊びで求婚するほど暇な人間ではございません。あなたに将来的には王妃となって国に居て欲しいと願い……結婚のお願いをしているのです」

しかし、ライハルト殿下の目は真剣そのものでした。

琥珀《こはく》色のきれいな瞳には曇りはなく、嘘をついているようにも見えません。

どうやら、本気で私などに対して求婚されているようです。

嬉しくないといえば嘘になります。これがどんなに素晴らしい話なのかということも分かります。

一国の王子が妻にしたいと仰ってくださったのですから。

でも——。

私は怖いのです。前の婚約のことがどうしても頭を過《よ》ぎってしまって。

もちろん、ライハルト殿下とユリウス殿下が違う人物だということは理解しているのです。

しかし、私はミアのように可愛くはなれません。

面白みがなく、無味乾燥で可愛げのない女。それが私の正体。まだ二度しか会っていないライハルト殿下はそれをご存知ないから、私を物珍しく見ているだけ。

だから、本当の私を知ればきっと心が離れてしまう。そう思えてなりませんでした。

「あ、あの、殿下。私はまだ結婚など」

「あっ！　私としたことが無神経でしたよね？　こんな有事の際に結婚を申し込むなんて。焦らなくて結構です。気長に待ちますから、ゆっくり考えてお返事ください」

私が断りの言葉を入れようとしましたら、ライハルト殿下はニコリと微笑《ほほえ》みながら返事は待つから考えて欲しいと声をかけられます。

困らせたと気を遣われたのでしょうか。

「では、私はこれで。リーナさん、フィリアさんのことをくれぐれもよろしく頼みますよ」

「あ、はい。もちろんです。このリーナ、命を賭してフィリア様をお守りする所存ですから～」

ライハルト殿下は丁寧にお辞儀をして、お付きの兵士たちを従えながら屋敷から出ていかれました。

本当に彼が私に求婚を？　やっぱり、まだ信じられません。

「フィリア様～、こちらに花束をお渡しください。きれいに飾っておきますね～」

リーナさんに花束を手渡してもなお、私はライハルト殿下の帰られた方向をボーッとしながら見ておりました。

おや？　また馬車がやって来ましたね。殿下が何か忘れ物をされたのでしょうか。

「ライハルトが、兄上がここに来たりしなかったか!?」

凄い剣幕でこちらに走ってこられたのは、第二王子のオスヴァルト殿下です。

彼はライハルト殿下がこちらに来なかったか気にしておられましたので、ちょうど先程訪問されたと答えました。

「くっ……、やっぱり遅かったか！　兄上がフィリア殿に求婚するとか言っていたけど、大丈夫だったか?」

「大丈夫かどうかは分かりませんが、確かに求婚はされました」

「なんてことだ……、あれほどフィリア殿を困らせるなと言っておいたのに。兄上にも困ったものだ」

呆《あき》れ顔《がお》でオスヴァルト殿下は頭を掻《か》きながらそんなことを仰せになります。

私みたいな者を兄が求婚対象にすることに抵抗があるのでしょう。

「ライハルトは国に殉ずる覚悟はあるんだが、ちょっと暴走しがちでな。ただでさえ慣れない生活をしているときにすまない。もちろん、遠慮なく断っていいから」

「えっ?」

「フィリア殿には無理をしてこっちに来てもらったんだ。だから、出来るだけ自由にしてもらいたい。それは俺が何としてでも保障する！」

オスヴァルト殿下は大真面目な表情で私の肩を摑み、ジッと目を見てそう言われました。

こんなに近くで男性の顔を見たのは初めてですから、少しだけ恥ずかしいですね。

「あー、あと、そうだった。新しい肥料の作り方を俺なりに考えてみたんだけどさ……」

「そ、そうですか。拝見してもよろしいですか？」

彼は農業を愛しておられ、肥料や農法などの研究に余念がありません。

私もそれなりに知識がありますので、時折こうやって彼と意見を交換するようになっていました。

こうして話している時間というものは不思議なもので、何だかいつもよりも早く過ぎていくような気がします。


「そういえば、レオナルドに聞いたんだが。妹君のところは随分と大変らしいじゃないか」

「ご心配頂いてありがとうございます」

肥料の製法について私なりの見解を話していると、不意に彼がミアのことを口にされます。

どうやらレオナルドさんに何か話を聞いたみたいです。

私がミアの件で気を揉《も》んでいることをオスヴァルト殿下が心配してくださっている。それだけで嬉しい気持ちになるのはなぜでしょう。

「いや、間接的とはいえパルナコルタにも責任があると思ってな。何とか支援出来るようにかけ合ってみることにした。それくらいは頼ってくれ」

「――っ⁉」
オスヴァルト殿下の申し出に私は言葉を失うほど驚きました。
いつもこの方は私の心の奥の不安を取り除くようなことを仰ってくださいます。
彼の屈託のない笑顔に私のモヤモヤとした感情が洗い流されるみたいでした。
だからでしょうか。オスヴァルト殿下と話していると心の中が温かくなるのは。
ありがとうございます、と言葉を出すのに少しだけ時間がかかってしまいました。

◇（オスヴァルト視点へ）

「して、ライハルト……そしてオスヴァルトよ。聖女殿の様子は如何《いかが》だったか？」

俺の父上、この国の王であるエーゲルシュタイン・パルナコルタは兄上と俺にフィリア殿の様子について問うた。

恐らく、誰かしらに俺たちが彼女に会いに行ったという話を聞いたのだろう。

隣国から来た聖女、フィリア・アデナウアー。最近、彼女はこの国の聖女に就任してくれた。いや、「就任してくれた」はおかしいな。我が国は卑しくも聖女を隣国から金で買ったのだから。

そんな経緯もあったので、俺はフィリア殿に顔向けが出来ないと思っていた。しかし、彼女に挨拶をしないというのは如何《いか》にも不義理だし、何よりも無責任だ。

もしも、彼女が故郷に帰りたいと希望を述べれば帰還出来るように精一杯努めよう。そう覚悟を決めて俺はあの日、フィリア殿に会いに行った。


彼女は一言で言うならば「聡明《そうめい》」。そんな言葉が似合う女性だった。

頭の回転が早く教養があり、あまり喋《しゃべ》りたがらないが話題も豊富で歴代最高の聖女と言われるのも納得の人材だった。彼女ほどの人を特に貧困というわけではないのに金で手放すジルトニア王国が不思議だと感じるほどに。

いきなり隣国で聖女をやれと言われて、素直にやれるほど人間というのは上手く出来ていない。だから、フィリア殿にも生活に慣れるまではゆっくりするようにと伝えていた。

しかし、彼女はさっそく早朝から働きに出たらしい。元俺の側近だったレオナルドとリーナの話によるとその働きぶりたるや、仕事量にして先代聖女の三倍以上だったとか！

その上で新薬の開発や農地についての提案書の作成など、パルナコルタの生活事情を素早く仕入れて、国益をもたらすにはどうすれば良いかを自分の頭で考えて行動しているのだから、王家の者として彼女には頭が上がらない。


彼女はこの国に来たその日に既にパルナコルタの聖女になってくれていたのだ。これは誰でも出来ることではない。

人には未練とか葛藤とか、色々な感情があるからだ。新しい環境に置かれて即時に覚悟を決めるなど、余程の精神力でないと無理である。

そして、彼女は間もなくして俺たちにある可能性を伝えてきた。パルナコルタ……いや、国内に留《とど》まらず近隣諸国全てを巻き込むような大災厄が近付いていることを。

俺はフィリア殿に助力を求め、彼女はそれに対して最善の策を以《もっ》てして応えてくれた。

その策は彼女自身を王都に釘付《くぎづ》けにして、国全体を大いなる破邪の力で守ること。つまり、彼女は故郷が危機に瀕《ひん》する可能性を考えてもなお……パルナコルタの安全を優先してくれたのだ。

素直に凄い人だと思った。聖女としての立ち振る舞いを完璧に成そうとするその姿は畏敬の念すら覚える。

そんな彼女だからこそ、俺はどんなことがあっても彼女のことを最優先に考えて行動することを誓った。願わくば、いつかフィリア殿に我儘を言ってもらえるくらい信頼してもらいたいところだ。

「フィリアさんは元気そうでしたよ。私が用意した花束も喜んでいただけましたし」

俺の兄上、第一王子ライハルトはいつもの穏やかな口調でそう答える。次期国王となる彼は幼いときから、徹底した教育で王たる者は何なのかを学んでいた。

そして彼はその教育に応えて国益を何より優先する国粋主義者になったのだ。そこには自分の人生そのものも含まれる。

つまり、フィリア殿を妻に娶《めと》ろうと考えた理由はこの国の将来のためなのである。ライハルトにとってはそれが行動原理の全てだから。

もっとも、聖女であるフィリア殿に求婚した理由は他にもあるみたいだが。

「ライハルト、そなたはフィリア殿に求婚をしたそうだな。二度しか会っておらぬ彼女に」

父上もライハルトの求婚話を聞いて呆れたのだろう。諭すように彼に話しかけていた。

「はい。確かに。完璧な聖女たる彼女を未来の王妃に迎え入れたいと考えるのは当然かと」

悪びれもせずに父の言葉を肯定するライハルト。

そりゃあそうだ。兄上はこれっぽっちも悪いと考えていないのだから。

「フィリア殿はエリザベスではないのだぞ」

「もちろん、存じています」

やはり父もエリザベスのことを引き合いに出したか。兄の元婚約者を。


ライハルトには婚約者がいた。「いた」というのはその婚約者であるエリザベスが故人だからだ。

エリザベスはこの国の先代聖女だった。病弱でありながら、孤軍奮闘してこの国を守ってくれていた英雄でもある。

誰にでも優しく、癒やしを与えてくれた彼女は太陽のような存在であり、兄は本気で彼女に惚《ほ》れていた。あんな性格の兄でも女性に夢中になるなんて、と思ったものだ。

聖女を守ることこそ、王になる者の務めだと言い出したのは彼女に会ってからだった。

そんな彼女が亡くなって兄は自分を責めた。人一人を病から守れずに何が将来の王だと。

フィリア殿をこの国に迎え入れようと提案したのはそれから僅かに三ヶ月後のことだった。

この男はフィリア殿に亡き婚約者を重ねて、そのときに果たせなかった義務を果たそうとしているのだ。

俺はそんな兄上の性根が許せないし、何よりも悲しかった。

ライハルト、あなたは一人じゃないし、何よりもフィリア殿はエリザベスの代わりじゃないんだ。分からず屋で頑固な兄上にいつかそれを分からせる。それが弟としての俺の務めだ。

「して、話は変わるが。北のボルメルン王国のマーティラス家から頼み事をされてな。あそこの四女グレイス殿にフィリア殿の破邪術を教授してもらいたいと。彼女もその打診を快く受けると返事をされたので、明朝にもこちらに到着する。知ってのとおり、グレイス殿はエリザベスの従姉妹じゃ。二人ともそれとなく気を遣ってやって欲しい」

我が国と交流が深いボルメルン王国の名家であるマーティラス家。あの家は数多くの聖女を輩出しており、確か現在は四人の姉妹が全員聖女になっていたはずだ。

名家だけあって魔界の接近にも独自に気付いており、その対策として現段階で最高の成果を上げているフィリア殿の破邪魔法陣に目をつけたというわけか。

まさか、エリザベスの従姉妹がこっちに来るとはな。俺はともかくライハルトはどう思うだろうか。それにフィリア殿も。

何かが大きく動きだす。そんな予感がしていた。

◇（フィリア視点へ）

「フィリア様、本当によろしかったのですかな？　マーティラス家の方に秘伝の破邪魔法陣を教えるなど」

レオナルドさんは私がボルメルン王国の聖女に破邪魔法陣を教えることが信じられないみたいです。

マーティラス家はアデナウアー家と同様に代々聖女の家系だと聞いております。

王家との繋《つな》がりが密らしいので、国内における権力は我が家とは大違いみたいですが。

そのマーティラス家の四女であるグレイスさんが今日、この屋敷に来られるのです。私から破邪魔法陣を教わるために。

「別に秘伝という程のものではないですよ。古代術式の知識が必要なので誰でも出来るわけではありませんが」

そう、破邪魔法陣自体は特別な力は必要としません。妹のミアがこれを使えないのは単純に古代語の知識などを所持していないからです。

私は、たまたま古代術式の研究をしていたから覚えられただけなのです。今思えば、彼女にも古代語を教えてこの術式を使えるようにしておけば、と悔やまれます。

マーティラス家は教養として簡単な古代語は習得しているらしいので、グレイスさんの知識次第では直《す》ぐに古代術式である大破邪魔法陣を覚えられるかもしれません。

「あっ！　いらっしゃいましたよ。フィリア様～」

リーナさんの声に反応して門に視線を送ると、大きな馬車がちょうど停《と》まろうとしていました。

あの馬車は何重にも結界が張られていますね。さすがはマーティラス家です。安全面で非常に優れています。

馬車から黒髪の執事服を来た男性にエスコートされる形で、カールした茶髪が特徴的な少女が出てこられました。

恐らく彼女がグレイスさんでしょう。年齢はリーナさんくらいでしょうか。十五歳くらいに見えます。

「フィリア様～～！　フィリア・アデナウアー様！　お会いすることが出来て光栄ですわ！　わたくし、グレイス・マーティラスと申します。あの憧れの歴代最高の聖女様に師事出来るなんて夢みたいですの！」

「そ、そうですか」

天真爛漫《てんしんらんまん》を絵に描いたような立ち振る舞いで、グレイスさんは全身を興奮させながら私に自己紹介をされました。
彼女が私のことをどう思っているのかよく分かりませんが、途轍《とてつ》もなく過大評価されているようで恐縮してしまいます。

「驚かせてしまい、申し訳ございません。グレイスお嬢様はフィリア様の大ファンでして、貴女のような聖女になりたいと日夜勉強と魔法の技術の研鑽《けんさん》を重ねているのです」

「アーノルド、大ファンだということはわたくしがフィリア様に自分でお伝えすると申しましたでしょう？」

「すみません。フィリア様がお嬢様の迫力に圧倒されているように見えましたので」

グレイスさんの執事であるアーノルドさんによると、彼女は私のファンだということみたいです。
他国の聖女が私のことを知っているのは、恐らく研究成果を本にまとめて出版したことが理由でしょう。世界中に本が出回っていると聞いたことがありますから。
そういえば、ユリウス殿下との婚約をしたのは三冊目の本を出したときでしたね。歴代最高の聖女という重い肩書きみたいなモノで呼ばれるようになったのも。

「それでは、立ち話もなんですからお茶でも如何ですか？　レオナルドさん、リーナさん、お願い出来ます？」

「「はい」」

客人を招き入れるのはいつも緊張します。

最近はライハルト殿下やオスヴァルト殿下が訪ねて来られるなど、ドキドキさせられることが多かったので少しは慣れましたが。

思えば、こんなに長く家の中にいるなんて、物心ついてから初めてかもしれません。自然にお茶を頼めるようになったことにも驚いています。

そして、笑顔で楽しそうに聖女としての理想を語るグレイスさんを見ると故郷のミアを思い出します。

私たちが彼女と同じくらいのとき一緒に過ごせていれば、私はもっと沢山姉らしいことが出来たのでしょう。二人で一緒に過ごす時をもっと大事にしていれば良かったと思います。

グレイスさんはしばらくアーノルドさんと共にこの屋敷に住まうことになりました。

家の中が賑《にぎ》やかだと感じるのも初めてのことでした。

◆

「うー、難しいですわ……」

グレイスさんに古代術式である破邪魔法陣を教えることになった私は、先《ま》ずは基本的な古代の術式を教えることからスタートしています。

アデナウアー家での教育は物覚えの悪い私にはスパルタ、天才肌のミアには術を出来るだけ多く詰め込む、というような感じでした。

ですので、ミアは現代の魔術から結界術まで多彩な術式をマスターしています。ここに更に知識が加わると私など及びもつかない稀代《きたい》の大聖女となっていたでしょう。

もちろん、あの子が不断の努力を続ければという仮定にはなりますが。

ちなみに、マーティラス家は個人の才能とは関係なく教養と実技を順繰りに伝授していく方針なのだそうです。

グレイスさんは私と同じく才覚がある方ではありませんが、それでもよく勉強をしてきたということは短い時間のやり取りで分かりました。

古代語は基本的なことを教わった後に独学で覚えたとのことでしたが、かなりの語彙力が身に付いていましたので、古代術式を発動させる条件は整っています。

しかし、これは言葉を知っておけば出来るというほど容易なものではないのです。

「フィリア様、〝マナ〟というようなモノは本当に存在しますの？　どうしても、感じ取ることが出来ないのですが」

グレイスさんが苦戦しているのは古代術式を発動させる初期段階である〝マナ〟の知覚。

古代術式は魔力を大量に消費するタイプの術が多く、個人の魔力だけでは発動が困難です。

故に自然界に存在する〝マナ〟という力の源となる粒子を吸収することでそれを補います。

私たちは大いなる自然の恵によって生かされていますが、その力の源泉を知覚するのはなかなか難しいのです。

グレイスさんもそれに苦戦しているみたいですね。

「グレイスさん、庭に出てみましょうか？」

「庭、ですか？」

私はグレイスさんを連れて庭に出ました。庭には木々や草花が芽生えており、虫の音も聞こえます。

空には太陽が輝いており、体中に暖かさや風の涼やかさを感じるので、少しだけ意識すれば雄大な自然の一端に触れていると実感出来るでしょう。

「あの、確かにそういった自然の力というのは分かりますが、〝マナ〟というものを感じるのは――」

「その感覚で良いのです。そのちょっとした感覚が即《すなわ》ち〝マナ〟を知覚しているということ。研ぎ澄ませば、触れることも自然と出来るようになります」

私は自身の周りを流れている〝マナ〟をグレイスさんが見えるように、基本的な古代術式を発動させました。

全身から雪よりも細かい白い粒子が溢《あふ》れて、キラキラと光を放ちます。

これは〝光のローブ〟という防御術式で邪悪な力から身を守る鎧《よろい》のようなものです。

魔物などに不意を突かれても、即発動させれば危険を回避することが出来ます。

「――フィリア様、おきれいですわ。まるで天使みたい」

「それは大袈裟《おおげさ》ですよ。グレイスさん」

「いえ、見たままの感想を述べたまでですわ。ますますフィリア様のことを尊敬してしまいます」

視覚的に〝マナ〟が見えた方が技術を修得しやすいと思って光っただけなのですが、思わぬ感想を言われて反応に困ってしまいました。

彼女の熱烈な視線に応えられるほど、立派なものではないのですが。

「わたくしも頑張りませんと。いつかフィリア様のような聖女になるために！」

グレイスさんがやる気を出してくれましたので、良かったと思うことにしましょう。

私のような聖女……ミアもそんなことを言っていましたね。背中を見られていることを意識すると、もう少しだけ頑張ろうという気持ちが湧いてきます。

その後、彼女は数時間の瞑想《めいそう》を経て、夕方には見事〝マナ〟を知覚することが出来ました。

やはり地道な修練を積んでおり、地力がある方みたいですね。

それからリーナさんに二度目のお茶を淹《い》れてもらいティータイムを取ることにした私たち。

そこで、グレイスさんは近くに行きたい所があると口を開きました。

「行きたい場所ですか？」

「はい。従姉妹のリズ姉様、いえ……エリザベスお姉様のお墓参りに行きたいのです」

何とグレイスさんの従姉妹であるエリザベスさんはパルナコルタに居たらしく、それも故人のようなのです。

確かにパルナコルタとボルメルンは友好国ですので、そういったことは少なくないみたいですが。

「では、グレイスさんは何度かこちらに来られたことはあるのですね」

「ええ、エリザベスお姉様もマーティラスの分家筋で聖女でしたの。生まれつき体が弱かったので、よく父が気にかけておりましたて」

「聖女、ということは――」

「お察しのとおり、エリザベス様は先代の聖女でございます。グレイス様、案内はこのレオナルドにお任せください」

私がこちらに来る三ヶ月ほど前に亡くなったという先代聖女、エリザベス・エルクランツさん。

彼女がグレイスさんの従姉妹とは。

病で亡くなったとしか聞いておりませんでしたので驚きました。

そんな経緯もあり、私たちはレオナルドさんの案内でエリザベスさんの墓参りへと赴きました。

しばらく歩くと、大きなお墓の前に私たちはたどり着きます。お墓にはまだ新しい花が供えられていました。

この花は、前にライハルト殿下が私に渡された花束と同じもの？　そう思ったときでした——。

「フィリアさん？　そ、それにリズ？　い、いやグレイスさんですか？」

護衛の兵士たちを引き連れたライハルト殿下が花束を片手にこちらへ声をかけられました。

そんな彼の顔からは、今までに感じ取ったことのない悲哀のようなものが見えていました。

◆

「ライハルト殿下もエリザベスさんのお墓に？」

まさか、ここで第一王子であるライハルト殿下と会うことになるとは思いませんでした。

しかも供えられた花がまだ新しいということは、彼が頻繁にこちらに来ているということになります。

ライハルト殿下は先代聖女であるエリザベスさんと深い仲だったということでしょうか。


「ええ、そうです。彼女は私の婚約者でしたから」

「そ、そうでしたか」

「あの方がリズ姉様の婚約者だった、ライハルト殿下」

殿下はいつもよりも低い声でエリザベスさんが元婚約者だったと仰せになりました。

彼女は聖女でした。ということは、前に私に求婚されたのは、文字どおりエリザベスさんの代わりになって欲しいという意味だったのでしょうか。


「彼女が好きだったのですよ。この黄色のフリージアの花がね。私はもっと良いものをプレゼントしたかったのですが……この花の香りが私にも似合うと言われましてね。あのときは返答に困ってしまいました」

新しい花束を供えながらライハルト殿下はエリザベスさんとの思い出を語ります。

彼は私と同様に人付き合いするにあたって、大きな壁があるような感じの方でしたが、このときのセリフからは素直な愛情を感じました。

「だからというわけじゃないのですが、フィリアさんにこの花を贈った理由は。ただ、私もいつの間にか、この花を愛するようになっていましたから、それを知って欲しかっただけなのです」

「…………」

私は何も答えられませんでした。

先日、突然求婚されたときも同じだったのですが、ライハルト殿下のお気持ちを感じ取る方法が分からなかったからです。

聖女などと持て囃《はや》されても人一人の想《おも》いすら感じ取れないとは、何とも滑稽な話かもしれません。

「グレイスさん、こちらに来て不自由はされていませんか？」

「お心遣い痛み入りますわ。殿下。フィリア様たちには、とても良くしてもらっておりますので、不満などございません」

「それは良かったです。フィリアさん程の聖女は世界中を探しても他に居ないでしょうから、学べるだけ学んで、ボルメルン王国の繁栄に役立ててください」

慈しむような表情でグレイスさんに視線を送るライハルト殿下。

彼女を最初にご覧になられたとき、「リズ」とエリザベスさんの愛称を呟《つぶや》かれていました。きっと彼女に元婚約者であるエリザベスさんの面影を重ねていたのでしょう。

彼は寂しいのかもしれません。オスヴァルト殿下は兄である彼を国に殉ずる覚悟のある人だと仰っていましたが、それも全ては寂しさを誤魔化すためにそう見せているようにも見えてきました。

その後、数分間だけ雑談をした私たちは丁寧に挨拶をして屋敷に戻りました。

そして、グレイスさんに夜の課題を与えて一日を終えます。彼女は素直で気遣いの出来る良い子です。きっとミアが居れば良い友人になってくれたでしょう。


翌日もまた、朝からグレイスさんの修練に私は付き合いました。

術式発動の特訓をしている彼女を見ていると自分の修行時代を思い出します。

私を高く評価して師匠の代わりを務めてくれたのはジルトニアの先代聖女であるヒルデガルト・アデナウアー。つまり私の伯母にあたる人物でした。

師匠は厳しい方でしたが、目標を達成したときは必ず褒めてくださいました。そして、私を叱咤《しった》するのは、両親からのスパルタを跳ね返せるくらいの力を身に付けさせるためだとも仰っていました。

『ごめんなさいね。フィリア。あなたは悪くないのです。ただ、私はあなたの両親と昔から折り合いが悪くて。若いときの私と瓜二《うりふた》つのあなたも憎くて仕方ないのでしょうね』

あの日、酔っていた伯母はそんなことを私に話しました。

そういえば、私は両親よりも伯母に近い顔立ちをしています。

両親にとっては可愛げのない性格に加えて憎んでいる人に瓜二つの私。

これで愛されるのは無理があったかもしれません。

だから、正直に言ってみると最近は国を離れて良かったとすら思えているのです。


グレイスさんの頑張りを見ながらそんな物思いに耽《ふけ》っていますと、王家の馬車が門の前に停まりました。あれは、オスヴァルト殿下ですね。

「おっ！　やってるな！　古代術式とやらの訓練ってやつか？」

オスヴァルト殿下はいつものように明るい声で私に話しかけます。手に持っているのは王都で有名な菓子屋のケーキの箱です。

メイドのリーナさんがニコニコしながらそれを受け取っていました。

「はい。グレイスさんは素直でいい子ですから、上達が早くて教え甲斐《がい》があります」

「そっか、そっか。だけど、俺は先生が良いに一票だ。気付いてないかもしれないが、フィリア殿は教えるのが本当に上手い。俺も肥料のこととか色々と教わったが、スラスラと頭に入ったからな」

「お上手ですね、殿下。でも、お褒めに与《あずか》れて光栄です」

オスヴァルト殿下は会う度に私にお世辞を仰せになります。

知っていることをただ伝えているだけで教え上手だなんて照れてしまいます。ですが、素直に嬉しいです。


しかし、朝から来られるのは珍しいような気がしますね……。


「あの、何かありましたか？　グレイスさんの様子をご覧になりに来られただけではないように見えるのですが」

「はは、鋭いな。実は言い難いことがある」

「言い難い、ことですか？」

「うむ。……落ち着いて聞いてくれ。ジルトニア王国のユリウス王子がな、聖女フィリアの返還を求めてきているんだ」

「へ、返還を求めて……」


――背筋が凍るように冷たくなりました。

まさか、ユリウス殿下が私を取り戻そうとするなんて。一体、どんな意図があってのことなのでしょう。心のざわめきが収まらなくなりました。

私の返還を要求するほど窮地ということでしょうか？

ミア、あなたは無事でやっていますか？　状況が摑めなくて、不安で押し潰されてしまいそうです。

第三章　そして姉妹は動き出す

chapter Three

◇（ミア視点へ）

「――という訳でして、ジルトニア王国全体を守るためには多大な兵力を各ポイントに配置して、私が結界魔法を張るための時間を稼いで欲しいのです」

私はユリウス殿下に魔界の接近とその結果としてジルトニア全土に起こりうる被害、さらにその対策を話した。

フィリア姉さんが自分の名前を伏せるように忠告していたから、彼女に言われたとおり私の意見として殿下に進言したのである。

ユリウス殿下はソファーに深く腰かけて頬杖《ほおづえ》をつきながら黙って話を聞いていたが、私の話が終わると立ち上がり、無遠慮に私の腰に手を回しながら口を開いた。

「まったく。君は姉上の悪いところを真似《まね》しようとしているね。いいかい？　政治ってのは男の仕事なんだ。数百年に一回あるかないか分からんことのために金を出して兵士を割くなんて愚政……僕にはとても出来ない。なんせ、金がかかるんでね」

「恐れながら、殿下。お金なら姉をパルナコルタに送られたときにかなりの金額が動いたと聞いております」

ユリウス殿下は私の話を歯牙にもかけなかった。それどころか、女が政治の話をするなと笑いながら言い放つ。金がないとも。

だから、私は言ってやった。フィリア姉さんを売ったときに得た金があるのでは、と。

「ああ、それなら今度の建国記念祭で公開する我らジルトニア王家の巨大黄金像を作るためにほとんど使ってしまったよ。君の黄金像もそのうち作ってやろう。嬉《うれ》しいだろ?」

この国、本当に潰れるんじゃないかしら。

国王陛下が健在のときはマシな政治をしていたけど、ユリウス殿下が実権を握ってからここまでバカなことにお金を使うようになっているとは思わなかったわ。

ていうか、私の像とか冗談じゃないわよ。フィリア姉さんを売ったことだけでも許せないのに、そのお金をそんなくだらないものに使うなんて。


「何を震えておるのだ? そんなに嬉しかったか」

このバカ王子、あんたに腹立って震えているのよ。

しかし、困ったわ。やっぱりこの人を説き伏せるのは無理みたい。

誰か、この人を説得出来る人はいないかしら。

そう思っていたとき、王宮の応接室の扉が開く。入ってきたのは――。

「ミア、魔界の接近とは本当か？」

「ち、父上！」

なんと国王陛下が現れて私に魔界の接近について問うたのだ。

陛下って、体の調子が悪いからほとんど人前に姿を現さなかったのに。大丈夫なのかしら。

「……真実です。このままでは、国中が魔物だらけになってしまうかもしれません」

「父上、女の言うことです。あまり真に受けぬ方が――」

「黙らんか！　聖女以上に魔物の事情に詳しい者などおらん！　フィリアを勝手に国外に出すだけでは飽き足らず、ミアの意見まで蔑《ないがし》ろにするか！」

陛下は大声で息子であるユリウス殿下を怒鳴ります。

やはり、フィリア姉さんはこの人の独断で売られたんだ。そりゃ、そうよね。国王陛下は姉さんの功績を讃《たた》えていたもの。

「父上、僕が勝手にフィリアを出したのではありません。隣国が困っているのを見捨てられないと彼女が――」

「だとしても、止めるのが婚約者であったお前の役目だ。ミア、話を詳しく聞かせて……ゴホッ、ゴホッ……」

国王陛下は私に詳しく話を聞かせて欲しいと口を開いたものの、苦しそうな咳《せき》に遮られてしまう。

そして、後ろに控えていた者たちが慌ただしく動きだした。

「フィリア様の作られた薬はまだ残っているか？」

「もう残っていない。その上、薬師に聞いたが処方箋は捨ててしまったらしい」

「あれより効く薬がないのにか!?」

そういえば、国王陛下の薬もフィリア姉さんが開発したものを使っていたのよね。

それより、薬師が処方箋を捨てたってどういうこと？　まさか、ユリウス殿下が姉さんを他所《よそ》に行かせようとした理由って、そういうことも絡んでいたの？　陛下が邪魔だから、早く亡くなって欲しいとかそういう邪《よこしま》な心が……。

「ゴホッ、ゴホッ……、とにかくユリウス。ミアの話をきちんと聞いて尊重しなさい。国王としてお前に命じる」

「……ちっ、はいはい。父上の仰せのとおりに」

陛下の言葉を受けてユリウス殿下は舌打ちをしながら、面倒臭そうに返事をした。

それでも、さすがに勅命を受けた殿下は動くと思った。まぁ、それも期待しすぎだったみたいだけど。

彼はポーズで対策をするフリをしただけだった。

兵士の増強はほとんどされていないままで、私が何度頼んでも平気だとヘラヘラ笑っていた。

「ミア、我がジルトニアの精鋭たちの力を信じろ。彼らが守る場所は世界一安心だと言っても過言ではない」

ユリウス殿下は冗談でなく、本気でそうだと信じているみたいな口ぶりね。

じゃあ、いいわ。そんなに自信満々なら私にも考えがある。

「殿下、そうは言っても私は少しだけ怖いです。お願いします。明日のお務め、婚約者である殿下にも付き添って頂けませんか？」

私はユリウス殿下の腕に絡みついて、甘えるように彼の耳元で囁《ささや》いた。

彼の体に自ら触れるのは屈辱だが、仕方ない。

「わっはっは！　可愛《かわい》い奴《やつ》め。それくらいお安い御用だ。現場が安全だということを教えてやろう！」

ユリウス殿下は私の口車に乗った。いとも簡単に乗った。

殿下、聖女のお務めってそんなに安全じゃないんですよ。それを教えて差し上げますわ。
◆

「う、う、うぴゃあああっ！　早う！　早う！　こっちだ！　こっちを早く！」

ユリウス殿下の悲鳴にも似たような声がまたもや響き渡る。

あの男、本当に自信満々の表情で聖女が結界を張る現場にノコノコと現れて高みの見物を決めようとしていた。

最近はフィリア姉さんの言っていた魔界の接近の影響が色濃く出ており、魔物の集団が一斉に飛び出すなんてことはザラにある。

ユリウス殿下は自らの護衛を沢山引き連れてふんぞり返っていたが、恐ろしい魔物たちが唸《うな》り声《ごえ》を上げて集団で襲いかかる様子を生で見るのはショックが大きかったようだ。

腰を抜かして、涙目になって早く魔物たちを殲滅《せんめつ》しろと護衛の兵士たちに無茶を言う。

「ぼ、ぼ、ぼ、僕はちょっと腹が痛くなってきた……、そ、そろそろ帰らせてもらうとしよう……」

何と現場に来てから十分と経《た》たないうちにユリウス殿下は青ざめた表情で私にそんなことを言ってきた。

さっきまでジルトニアで一番安全なのはとか、偉そうなことを言っていたのに。

「あら、殿下。お帰りになられるのですか？　ご覧のとおり、私の力が及ばないせいで危険な状況が続いております。ご理解頂けましたでしょうか？」

とりあえず私は笑えるくらい狼狽《ろうばい》している殿下に現場の戦力が足りないことを強調して伝える。

この男が状況を見誤ったせいで国が倒れるなんて、納得出来ない。

「き、き、危険？　そんなことはない。君も我がジルトニアの精鋭たちもよくやっている。それに、ミア、僕は狼狽《うろた》えている訳じゃないぞ。本当に腹が痛くて、早く帰りたいだけなのだ」

精一杯の虚勢を張って、殿下は頑《かたく》なに自分の非を認めない。

やっぱり、この人がトップじゃダメね。いっそのこと、魔物に殺されでもしてもらった方が国に一番貢献出来るんじゃないかしら。

それに早く帰りたい、と言っているけど――。

「殿下、魔物たちに囲まれているこの状況を打破出来るまで帰れませんよ」

「へっ？　ひ、ひぃぃぃぃぃ！　い、いつの間に！」

この場が魔物に囲まれていることを私は彼に伝える。ユリウス殿下は甲高い耳障りな叫び声を上げながら、腰を抜かしてヘナヘナと座り込む。

まずいわね。もう遅いかもしれない。

結界が破られそうで、危険なポイントから対処はしているけど、それも追いつかなくなってきた。

フィリア姉さんみたいに徹夜で動いても術の精度が落ちないなら何とかなるかもしれないけど、

私はそんなことは出来ない。

早くて今日中、遅くても三日以内に。この国の守りは決壊する――。

だから、兵力が必要なのだ。結界が破られて大量の魔物が出てきても、私が駆けつけるまで抑えてもらえるような戦力が。


「もう間もなくすれば、私がいない状況で、国の各地で、こんな状況が繰り広げられるでしょう。殿下、想像してください。このまま行けば、王都ですら安全ではなくなります」

「ぐっ……、女が僕に意見するでない。どうせフィリアの真似事《まねごと》なのだろう？　ミア、君はそんなことはせずとも笑っておれば良い。それが希望となるのだから」

ここまで、懇切丁寧に説明しても殿下はお得意の「女の意見は聞きたくない」と意固地になる。

なんでこんなに分からず屋なのだろう。

「それとも、君もフィリアみたいに僕に恥をかかせたいのか？」

「姉のように恥を？」

「い、いや、何でもない……」

さらに彼はフィリア姉さんの名前を出して、恥がどうとか言い出す。

姉さんと過去に何があったって言うのよ？　前々から思っていたけど、この人ってフィリア姉さんにコンプレックスを感じているように見えるのよね。

「「グルルルッ――――！」」

そんな話をする中で、ワーウルフの群れがこちらに向かって勢い良く駆けてきた。

仕方ない、結界を張りなおす時間がまた遅くなるけど、私が術式を発動させて始末するしか……。

「ぎゃあああああっ！　殺されるぅぅぅぅ!!」

「キャッ！　で、殿下!?」

私が身構えようとすると、ユリウス殿下は私の背中をドンと突いて魔物の方に押し出そうとする。

ちょっと、危ないじゃない。女がどうこう言っている割には全然男らしくないんだから。

私は素早く攻撃術式を発動させて魔物の群れを一掃した。しかし、ユリウス殿下は蹲《うずくま》ってガタガタ震えだす。そして、信じられないことを口にした。

「そ、そうだ。これも全て国を捨てて居なくなったフィリアのせいだ。あいつを呼び戻そう。そして、責任を取らせて全ての魔物を掃討させるのだ。ウヒヒ」

何言っているの？　この人……。姉さんはあなたが売ったから居ないんじゃない。

魔物を間近で見せて怖がらせれば、ショックを受けて多少は腐った性根がどうにかなると思ったけど、まさかの発想をするのね。

「あいつを売ろうと躍起になった、アデナウアー侯爵に金を出させるとするか。そうだ、あいつが悪い。フィリアがいい金になると、喜んでいたからな」

さらに父がフィリア姉さんを売ることに大変乗り気だったことまで口を滑らせる。

やはり、父も加担していたのね。もしやとは思っていたけど、信じていたかった。

フィリア姉さん、ごめんなさい。私、何も気付いてなくって。大丈夫、私がこの国を守るよ。

そして――。

なんとしてでも、この人たちには報いを受けてもらうようにするからね。姉さん。

◆

「姉を呼び戻すのですか？　殿下、パルナコルタ王国から送られた金品は既になくなっているのでは？」

魔物たちに今さら怯《おび》えだして、フィリア姉さんを連れ戻そうと提案したユリウス殿下。

少しは危機感を持つかと思ったけど、発想が斜め上すぎるわ。姉さんの価値を認めたからこそ、パルナコルタは多大な金額を支払ったんだろうし。たとえお金を用意出来ても返還に応じるとは思えない。

それに姉さんは大破邪魔法陣を発動させている。一度守ると決めた国を見捨てて魔法陣を解くなんてことあり得るはずないわ。

そう、ユリウス殿下は知らないだろうけど既にフィリア姉さんがパルナコルタの存亡を握っていると言ってもいい。私が国のトップなら姉さんのことを手厚く軟禁するわね。

「金？　金なら分割して払うさ。税金を上げれば賄えよう。――それと君の父上にも援助してもらうつもりだ。財産を没収してでもな。僕らは親戚になるのだから、当然だろ？　そもそも、あの男が悪いのだ。フィリアが高く売れるという話を聞いて、目の色を変えて鼻息荒くしやがって。こんな危機が来ることも読めなかった無能が」

あのー、婚約者の父親を目の前で無能呼ばわりとか酷《ひど》過ぎるんじゃないかしら。

私としては父が積極的にフィリア姉さんを売ろうとしていたことがショックだから、それほど不快にはならないけど。

「パルナコルタ王国は姉を返すなんてことしませんよ。たとえ、こちらが倍額払おうとも。それだけパルナコルタにとって姉は重要な人物になっていますから。それより、そのお金で魔物を抑える兵士を増強してください。被害は出るでしょうが、現実的です」

私はユリウス殿下に進言する。本当はこんな人と口も利きたくないのだが、政治的な実権を握っているのがこの男なのだから仕方がない。

「はっはっは、倍額でも離さない？　フィリアにそんな価値などあるもんか！　結界を多少上手に張るかもしれんが、それだけの女だ。ミア、最近の君はどうしたんだい？　姉上の真似事など可愛い君には必要がない。いずれ僕の妻になるのだから、生意気は言わないように努めなさい」

はぁ、やっぱり話が通じない。こんなに頭の悪い人だったなんて思わなかったわ。

あまりにも馬鹿すぎたから、聡明《そうめい》なフィリア姉さんと合わなかったのね。私にすら理解出来ないもの、馬鹿の考えは。

「では、せめて先代聖女であるヒルデガルト・アデナウアー。私の伯母を現役に復帰させてもらえませんか？　私以外で結界魔法が使える貴重な人材ですので」

「ふむ……、先代聖女か。確かにフィリアに処理させるにしても、戻ってくるまで多少は時間がかかるだろうからな。いいだろう。動けるように手を回してやる」

私とフィリア姉さんが聖女になってから引退されたヒルダ伯母様。

特に病気をされたとか体力的に辛《つら》いという話でもなかったはずだから、現役に復帰しても問題ないはずだ。

それでも恐らく焼け石に水だろうけど。

やっぱり、一番の障害はユリウス殿下ね。彼が国政を担っている限りこの国は滅びの一途を辿《たど》ってしまう。彼を引きずり降ろすことから始めるのが正解かもしれないわね。

そのためには国王陛下をもう少し動ける状況にする必要がある。でも、姉さんの薬もなくなってしまっているし……。

「それよりミア。国の今後のことを僕とベッドの上で話し合わんか？　どうせ婚約しているのだし多少のコミュニケーションは――」

「婚前に何を仰《おっしゃ》っているのですか？　私のことを大切に想《おも》っているならば、ご自重ください」

まったく、この状況で発情出来るなんて猿並みに下等な精神だわ。

あなたに指一本触れさせるつもりはないから、その汚らわしい笑みを向けるのを止《や》めてくれないかしら。

足早に城を出て、家に戻ると父が顔を真っ青にしていた。

多分、殿下に金品を請求されたんだろう。大きな屋敷を建てる計画も全部パァになったものだから頭を抱えているのね。

「ミアよ。なぜ、殿下は急にフィリアを返して欲しいなどと言い出したのだ？　何か知っておるか？　それに財産を急に差し押さえるなんて」

「さぁ？　自分の娘を喜々として売った理由をお聞かせくだされば、私もその質問に答えますわ。お父様」

「うっ!?　な、な、何を言っているのだ？　フィリアを売ろうなど、そんなことは……。しかし、まいった。金がなくなったら我が家は」

父は狼狽えるだけで何も答えてくれなかった。

ひたすらお金の心配をしているだけである。私はそんな父に失望したし、今まで姉さんが知らないところで冷遇されていた可能性について考えると胸が痛くなり吐きそうになっていた。

――私は大馬鹿者だ。フィリア姉さんがどんな思いで生きていたのか知らずに勝手に愛されていると思っていたんだから。

よく考えたら、一緒に生活出来なかったのも彼女の理想が高かったからじゃない。父も母も姉さんに無関心だったからだ。

なんで、今まで気付かなかったんだろう。

でも、この国を守るためにはフィリア姉さんの力がいる。彼女しか知らない薬の精製方法を聞き出して、陛下に動けるようになってもらわねば。

「また手紙を送ってみようかな？　でも、最近チェックが厳しくなって、こっそり送ることも──」

「ならば、私が送りましょうか？」

「ひ、ヒマリさん！　むぐっ……」

「お静かに願います」

私がどうにかこの状況を打破しようと考えたとき、姉の護衛だという忍者のヒマリさんが再び目の前に現れた。

ここから、私のユリウス殿下失脚計画がスタートする。

◆

「なるほど。では、ユリウス殿下を亡き者とすることを所望されていると」

「亡き者って……。いきなり凄《すご》いこと言いますね」

国王陛下が病に倒れ、ユリウス殿下にこれ以上政治を任せてしまうと国が滅びると思っていることをヒマリさんに伝えると、彼女は迷いもせずに殿下暗殺を提案する。

この子って、フィリア姉さんの護衛なんだよね？　凄く物騒なんだけど。

姉さんの命令で、ここ数日ずっと私のことを守るために近くに居たみたい。全然気付かなかった。

確かに暗殺とかは得意そう。

「殺すのでしたら、毒殺がよろしいかと存じます。例えば、この吹き矢などは血管を上手《うま》く突けば、またたく間に快楽の海に溺れそのまま黄泉《よみ》の国へと――」

「ちょ、ちょっと待って！　とりあえず、殿下を引きずり降ろして無力化させれば良いだけだし。それは余りにも乱暴じゃ……」

無表情で暗殺道具について語り始めたヒマリさんを私は止めた。

暗殺は彼女の言うとおり手っ取り早く殿下を無効化させる方法だ。時は一刻を争うのだから、殿下一人に死んでもらって多くの人が助かるのなら、それもアリなのかもしれない。

でも、あの人はあれでも王族だから。当たり前だけど、暗殺事件なんて起きると国王陛下は犯人探しに時間を割くに違いないわ。

ヒマリさんは上手くやると言っているけど、万が一パルナコルタの手の者だと分かればそれこそ、戦争待ったなしだし。

となると、やはり国王陛下を味方につけて彼を糾弾し、失脚させるというのが一番のシナリオなんじゃないかしら。

「ミア殿がそう仰るのであれば、暗殺は止めましょう。陛下の薬の処方方法はフィリア様に連絡した際に尋ね、薬師を脅してでも作らせて飲ませればよろしいかと」

「ええ。そのつもりです。ユリウス殿下の取り巻きは実力もないのに媚《こび》を売るだけで出世しているような連中が多いことが分かりました。彼が姉さんを疎んじていたのも、半分はその連中のせいなのです」

まずは国王陛下の薬が先決ね。ヒマリさんがフィリア姉さんからそれは手に入れられると言っているからひとまず安心だわ。

そして、殿下の取り巻き連中――あいつらをまとめて利用すればユリウス殿下の悪事を暴けるかもしれない。

これも近くで観察して分かったことなんだけど、あの人、裏で手を回して色々と非道なことをしているみたいだから。


「そして、フェルナンド殿下の派閥。つまり第一王子派を味方に付ける」

「フェルナンド殿下？　それはジルトニア王国の第一王子の名……。第一王子は体が弱くて表舞台には出てきていないと聞いておりますが」

「そう。表舞台に出てこられない理由の半分はそれです」

第一王子にして、次期国王になるはずであるフェルナンド殿下は実質的に軟禁状態にあった。

生まれつき体が弱い虚弱体質の彼のことを次の国王として相応《ふさわ》しくないとし、第二王子であるユリウス殿下を担ぎ上げる派閥が出来たからだ。それがいわゆる第二王子派という派閥。

ユリウス殿下と結託して、その連中は第一王子を守るためと大義名分を掲げて、フェルナンド殿下を城の一室に閉じ込めた。

もちろん、それは当然の成り行きだったと思う。健康なユリウス殿下が国王になった方が国として安泰だと思うのは自然だし。

フェルナンド殿下もそう思ったのだろう。彼はそれを甘受して、その動きを知って激怒した国王陛下が軟禁を解くために動いても部屋の外に出ることを拒否した。

だから国王陛下が病に伏した今、ユリウス殿下がこれほど自由に幅を利かせているのである。

「では、第一王子派というのは？」

「文字どおり、第一王子こそ次期国王として相応しいと思っている人たちです。第二王子派が強くて、隅っこに追いやられていますが」

「その者たちと第二王子の失脚を所望するミア殿とは利害が一致するがゆえ――」

「そう。私が聖女として第一王子派をまとめ上げて、ユリウス殿下を糾弾させます。そして、その後、一丸となって国を守る」

国王陛下が動けるようになるだけじゃ不十分。

彼に審判を下してもらうにはある程度の人数が必要だ。だから、私は第一王子を利用する。第一王子の名のもとに糾弾するのであれば、国王陛下だって耳を貸してくれるだろう。

「話は大方読め申した。しかし、その絵に描いた餅を食すためには些《いささ》か難題の気配が……」

「ヒマリさんは話が早くて助かります。そうです。肝心のフェルナンド殿下が国政とか派閥争いに無関心というか、無気力であることが最大の問題点です」

フェルナンド殿下は陛下がどれだけ声をかけても外に出ようとしない年季の入った引きこもりだ。彼を表舞台に担ぎ出すのは相当骨が折れるだろう。


「しかし、これしか方法がない以上は私はどんな手も使います。人の心を癒やすのも聖女のお務めのはずですから。フェルナンド殿下の心の壁も何とか取り払ってみせますわ」

国王陛下を病から復帰させ、第一王子派を味方につける。そのために私は動き出した。

だけどユリウス殿下がフィリア姉さんの返還を求めた話が面倒な方向に転がってしまい、ジルトニア王国は更なる混乱の渦に巻き込まれてしまいそうになっている。

その上、魔界の接近の影響で魔物たちによる被害も増えてきて。混沌《こんとん》は加速していた。

◆

「まさか聖女ミア様が我々に協力してくださるとは思いませんでした」

あれから私は護衛の一部に紛れていた第一王子派閥の人間をヒマリさんの協力により見つけることに成功した。目の前にいるのは第一王子派のリーダーであるピエールさん。

彼は最近、私の護衛隊の隊長となった。前の隊長はユリウス殿下に恐怖を与えたとか、私の前で恥をかかせたとかでクビになったからだ。彼に現場を体験させたことで護衛隊のメンバーがガラリと替わったのである。

ユリウス殿下のやり方だと国が潰れると危惧している人たちは特に兵士の中で増えており、徐々に第一王子派の勢力も増しているみたい。

はっきり言ってフェルナンド殿下と会うにあたって一番の難関は護衛の目を盗んで第一王子派に接触することだと思っていたので、自分の新しい護衛隊の隊長がそうだと知って驚いた。

ユリウス殿下の目を欺くのに相当苦労しているみたいだが、ピエールさんはこっそりと殿下に反目している人間をまとめているらしい。

それだけユリウス殿下の支持率が下がっているということなんだろうけど。

「はっきり言ってユリウス殿下のやり方は酷いです。私たち兵士は使い捨ての消耗品だとしか思ってない。これ以上、魔物の数が増えると抑えきれない箇所がいくつもあるというのに、まったく人員を回してくれないのです」

「それだけではありません。僕たちの隊は、殿下たちの黄金像を建設するために人員を減らされました」

「このままでは、じわじわとジルトニアの兵士は数を減らし、国をまともに守ることなど不可能です。ミア様がこれほど頑張って結界を張り続けているというのに」

現場の兵士たちは私の護衛よりも断然厳しい状況に置かれていた。

私は完全に結界が破壊されたポイントを優先的に回っているが、最近は魔物たちが増えすぎて結界が壊れかけて弱まっている場所が急増している。

結界の力が弱まると当然のことながら魔物が出現したりするのだが、その処理を行う兵士たちの数が圧倒的に足りていない。

このまま私の手が回らなくなったらという想像は、ユリウス殿下には出来なくとも彼らには出来るみたいだ。どんどん危機感を覚えた兵士たちが増えてユリウス殿下に対して不信感を抱いている。

それでも、貴族たちの支持が厚いユリウス殿下の権力は強くて、対抗するには陛下が復帰した上でフェルナンド殿下が立ち上がり、第一王子派をまとめ上げるしかないんだけど。

「フェルナンド殿下にお会いになりたいということですね。あの方は陛下が声をかけられても心をお開きになりませんでしたが、聖女ミア様ならあるいは——」

ユリウス殿下の兄で第一王子であるフェルナンド殿下。虚弱体質が災いして、表舞台に立つことを嫌がり、王宮の一室から長く出て来ていないとのこと。

彼はいわゆる世捨て人であり、自分が政治的なことに関わらない代わりに誰も自分に構って欲しくないと主張している。

彼がこんな感じだから、ユリウス殿下の方が次期国王に相応しいとする勢力が強くなり、彼が今まさに国政の実権を握るに至っているのだが。

とにかく、会って話をするしかないわね。彼を担ぎ出して、ユリウス殿下を糾弾する方向に仕向けなくては。


「そうですね。何とかフェルナンド殿下を説得してみせます。しかし、どうやって彼に会えば良いのでしょうか」

今日はピエールさんを始めとする第一王子派の護衛たちと結界を張るついでにこうして話をしている。

でも、こういう機会も多くは取れないから、話をきっちりと詰めておかなくてはならない……。

王宮にいるフェルナンド殿下に会うにはどうしたらいいんだろう？

「ミア様はユリウス殿下の婚約者です。ならば、その挨拶をとでも仰せになられれば、ユリウス殿下も嫌な顔はしないかと。フィリア様も挨拶はされていたはずですから」

「あ、姉はフェルナンド殿下と会ったことがあるのですか!?」

それは初耳だった。フィリア姉さんがフェルナンド殿下に挨拶をしていたとは。

よく考えれば当たり前なんだけど、どういう感じだったんだろう。


「フィリア様の処方された薬を飲まれて、体調はかなり良くなられたみたいですよ。しかし、それから殿下はその薬を飲まれなくなってしまいました」

「どうしてですか？　姉の薬が効いたなら、それを飲み続ければ――！」

「健康な体に近付くこと。それを堪《たま》らなく怖いと思われるようになったのですよ。殿下は」

「健康になることが怖い？　そんなことってありますか？」

「今までは虚弱体質を盾に外に出ない自分に言い訳をされていました。しかし、元気な体を手に入れるとその言い訳が通じなくなります。それならば、今のままの方が良いと考えられるようになったのです」

それは何とも卑屈な理由だった。今まで自分についていた誤魔化しが利かなくなるから、フィリア姉さんのせっかくの薬を飲まなくなるなんて。


――悲しすぎる。でも、それならば。

「自分に言い訳をしているということは、心の奥底ではこのままだといけないと思っているはずです。それなら、希望はあります」

そうだ。まずはフェルナンド殿下に会おう。

そして、彼の心の奥に眠る闘志を呼び戻すんだ。私だって聖女なんだから、人一人くらい救ってみせるわ。

「それでは、ミア様。フェルナンド殿下のことをくれぐれもよろしくお願いします。――っ!? 何《なに》奴《やつ》!?」

ピエールさんはそう言って頭を下げる。しかし、次の瞬間に私の背後の木陰に向かって剣を抜いて飛び出した。

「――むっ、出来る!」

なんと彼は私の近くで隠れていたヒマリさんの気配に気が付き、彼女の短剣と刃を合わせていたのである。

今まで誰も気付かなかったんだけど、この人は気付いた。国一番の剣の達人だと言われていたけど、本当だったんだ。

やっと頼りになる護衛がついたって感じね。

「ピエールさん、剣を収めてください。ヒマリさんは私が個人的にお願いしている密偵です」

「み、密偵ですか？」

「ミア殿、すまぬ。……見つかるとは一生の不覚」

私が彼を止めに入るとヒマリさんを圧倒していたピエールさんがピタリと動きを止める。

ふぅ……、この人がユリウス殿下の派閥だったらかなり面倒なことになっていたわね。幸運だったわ。

「いきなり斬りかかってすまない。ミア様に狼藉《ろうぜき》を働こうとする不届き者かと」

「護衛としてはそれが正解かと。見つかったのは、私の修行不足ゆえ」

ピエールさんの言葉に低い声で返事をしたヒマリさんはバツの悪そうな顔をして、その場から消えた。

彼女もプロ意識が高い人だから気配を察知されたのが屈辱だったみたいね。

こうして魔物がとめどなく出てくる現場を何箇所も回り、時には私も戦いながら結界を念入りに張っていく。

これじゃ、本当に近いうちにパンクするわ。ユリウス殿下は未《いま》だに「フィリアが戻ってくるから気張らなくて良い」とか気楽なことを言っているけど。

ユリウス殿下といえば、彼の命令によってヒルダ伯母様も今日から動いているみたい。大丈夫かしら？

そういえば、彼女が聖女に復帰する話を両親が聞いたらとたんに不機嫌になっていた。どうも伯母様と父との間には確執があるみたい。

私と姉さんが聖女になった途端に彼女が引退したこととも関係があるのかな。

そんなことを思いつつ、お務めを終えた私はユリウス殿下にフェルナンド殿下に挨拶がしたいと述べると、思った以上にすんなり許しをもらえた。

「あの男に挨拶など不要だと思うがまぁ良い。僕にこれだけ美しい婚約者がいると知れば、さぞかし羨ましがるだろうし。くっくっく」

もはや、この男の中ではフィリア姉さんとの婚約はなかったことになっているのだろうか。

普通なら別の婚約者が挨拶をしたら、そっちに注意が向くと思うけど。

ともあれ、許しをもらえた。その翌日、私はフェルナンド殿下の私室へと通された。

◆

「フェルナンド殿下、お初にお目にかかります。私はミア・アデナウアー。ユリウス殿下の婚約者です」

形式に則《のっと》った挨拶をする私の目の前にはベッドに腰掛けた青白い顔色の痩せた青年がいる。

髪は薄い茶髪で目はどこか虚《うつ》ろだけど、顔立ちは整っており、それが一層彼を病弱に見せていた。

ジルトニア王国の第一王子であるフェルナンド殿下を見た第一印象はこんな感じだった。

本来はもちろんユリウス殿下と共に向かう話となっていたが、私がピエールさんに二人きりで話す時間が欲しいと頼み、ユリウス殿下を足止めしてもらったのだ。黄金像のデザインについて意見をもらう時間が欲しいとかで。

だから、ユリウス殿下は遅れてここに到着する。つまり彼が来るまでが勝負なのである。


「ミア？　ユリウスの婚約者は確かフィリアという名前だったような」

しばらく私をボーッと眺めていたフェルナンド殿下は首を傾《かし》げる。

どうやら彼はフィリア姉さんが隣国に売られたことを知らないみたいだ。

「私の姉であるフィリア・アデナウアーは隣国、パルナコルタの聖女になるべくユリウス殿下との婚約を解消しました」

「へぇ、あのフィリアを手放したのか。父がよくそんな決断をしたものだ。一度しか会ってはおらぬが、彼女の優秀さはジルトニアの歴史でも随一だと思っていたが」

意外なことにフェルナンド殿下は一度きりしか会っていないフィリア姉さんを高く評価していた。

国王陛下が体を壊しているのは知らないみたいだけど。

「陛下は御体調が優れませんので、今はユリウス殿下が主に国政を動かしております」

「なるほど、あいつが王の真似事をしているってわけか。いよいよ僕もお払い箱になるんだろうな。ユリウスが王になりたいのなら、僕ほどの邪魔者はいないだろうし」

自暴自棄なのか、やけっぱちなのか知らないが、フェルナンド殿下は随分とはっきりと物をおっしゃる。

ユリウス殿下が王になる野心があり、自らを排斥しようとしていることを理解していてもまったく動じていない。

「しかし、国民の中にはフェルナンド殿下に王位を継いで欲しいと思っている人もいます」

「形式を大事にする保守派だよ、それは。長男が継がなきゃならないって既成の概念に捕らわれているんだ」

「そんな小さな理由じゃありません。ユリウス殿下がこのまま実権を握っていたら、国が滅びます」

フェルナンド殿下の言い分は少し前のジルトニア王国の内情なら、通っただろう。

しかし、今は違う。この状況で次々と的外れなことばかりしているユリウス殿下を許すわけにはいかない。

「おおよそ、自分の婚約者に対してのセリフだとは思えないな。弟が嫌いなのかい？」

虚ろな目で私を見据えるフェルナンド殿下は静かにそんな質問をした。

取り繕うことは出来る。でも、私はここで嘘《うそ》をついてまで自分を守るつもりはない。

「はい。嫌いです。ですが、嫌いだから先の発言をした訳ではありません。先程のセリフはユリウス殿下の婚約者としてではなく、この国の聖女としての発言です」

私ははっきりとユリウス殿下に対する嫌悪と、それとは関係なくこの国に危機が迫って来ていることを話した。

そう、確かに私怨もあるけど、現在の状況が悪いのは彼のせいだ。だから、さっきの言葉は私怨とは関係ない。

「そっか。君もフィリアと同じく聖女なのか。あの人もそんな目をしていたよ。自分が何でも救わなくちゃならないんだって目を。それで僕に会いに来た本当の目的は？」

「フェルナンド殿下に立ち上がってもらい、国を救うためにユリウス殿下を失脚させてほしいのです。殿下、私に協力してください！」

私は精一杯、心を込めて言葉を発して懇願した。彼に味方になってもらえるように。

そして、フェルナンド殿下は間髪を入れずに言葉を返す。

「嫌だ……」

そう言った彼は布団を被《かぶ》って横になってしまう。

ああ、一筋縄ではいかないと思ったけど、やっぱり面倒臭い人ね。

――だからって、ハイそうですかって引き下がってなるものですか！

◇（フェルナンド視点へ）

「フェルナンド殿下、重ねてお願い申し上げます。この国の将来のために立ち上がり、ユリウス殿下を糾弾してください」

まったく、面倒な話になった。ユリウスの婚約者がまた挨拶に来たのかと不思議に思っていると、フィリアとは別の女性が入ってくる。

フィリアの妹で名前はミア・アデナウアーというそうだ。

はっきり言って見た目は良い。愛されて育ったことが分かるような一点の曇りもない、その瞳。あの有能だがどこか人間味を感じなかったフィリアと対極のような雰囲気の彼女だったが、段々と姉を思い出させるような言い回しをしてきた。

僕に立ち上がってユリウスを失脚させて欲しい。それが彼女の望みなのだそうだ。

この女性はそれだけのために弟の婚約者になったのだろうか。行動力が凄いと思ってしまった。

せっかく来てもらって悪いが、僕には戦う気力がない。だから拒否したんだけど、ミアは引いてくれなかった。

「……放っておいてくれ。僕じゃ力不足だ。生まれつき体が弱いんだよ。知っているだろう？　父上だってユリウスに跡を継いで欲しいと思っているはずだ。僕なんかと比べたらね」

そうだ。僕は弱い。

ユリウスを失脚させた上で国民を引っ張って国の窮地を救うなど無理だ。

父上だって内心では要らない長男だと思っているに決まっている。あの人は優しいから表に出さないだけであって……。


「姉のフィリアが作った薬は良く効いていると聞きました。どうしてそれをお飲みにならないのですか？」

「……あの薬か。君の姉君は恐ろしいものを作ってくれる。いいかい、今さら僕の体が多少良くなったところで、それは争いの火種にしかならない。ユリウスは僕を殺そうと躍起になるだろう。実際、そういう準備をしていると聞いた。なればこそ、あの薬は僕の死期を逆に早めているんだ」

フィリア・アデナウアーの才覚には恐れ入った。聖女など国を守る結界を作るだけの存在かと思いきや、新薬の作製から肥料に建築物の設計にと実に多方面にわたって活躍しているという。婚約者の兄である僕の体を心配してという親切なのだろうと、その好意を素直に受け取ったのが間違いだった。

本当に体が良くなったとき、僕は震えが止まらなくなったのだ。

健康な体を手に入れたら、王位継承の話が当然付《つ》き纏《まと》う。あのユリウスは確実に僕を殺そうと動くだろう。

「それでは、身の安全が保障されれば薬を飲んで体を治されるということですか？」

「…………わ、分からない。もし、そうだとしても僕は――」

ミア、君もフィリアと同じく理詰めで物事を考えるタイプか。

確かに弟から完全に身を守ることが出来れば僕の憂いはなくなったように見える。

だが、本当に人間の感情ってそんな単純じゃないんだ。

「本当にこんな体が死ぬほど嫌だったのに……いつの間にか、こんな体に縋《すが》りついている自分が居るんだ。虚弱だから仕方ない、って囁く自分が凄い強さで弱い自分を縛ってくる」

我ながら意気地のないことを言っている……。

理屈じゃないんだ。僕は弱いから仕方ないと言われてずっと過ごしていた。

その言い訳がなくなった瞬間、僕は自分の人生に責任を持たなくてはならなくなるだろう。

第一王子に生まれたからには国を背負う責任があるのだから。

「フェルナンド殿下はそうやってずっと言い訳をして生きてゆくおつもりですか!?　私の姉は、いきなり婚約を解消されて隣国に売られたって自分の運命から逃げなかった。その上で、自分を売った故郷すら守ろうと力を貸してくれています」

「それは、君の姉君が強いからだよ。僕にだって分かる。あの人は多才な上に勤勉で努力家だ。僕はそうじゃない。このまま、負け犬のような人生を歩むしか道がない」

フィリアは強い。一度しか会っていないが、日々入ってくる様々な彼女の活躍を耳にする中で彼女がブレない精神力を持っていることは分かった。

恐らく自分を売ったユリウスやら両親すら恨んではないんだろう。

この国を救おうとまでしているのは立派だが、そんな彼女を引き合いに出されても、僕は動けない。

僕は生まれながらの敗者なのだから。敗者には敗者らしい人生が待っているのだ。

「殿下、あなたはこのままだと負け犬にすら成れません。負けるというのは戦った者だけに与えられる称号ですから。逃げて、逃げて、言い訳だけして終わるなんて……悲しすぎると思いませんか？　あなたはこのままだと負けることすら出来ないんです」

「…………」

負けることすら出来ない？　どういうことだ？　それになぜ、この子はこんなにも一生懸命なんだ……？

僕は布団から顔を出してミアの目を見る。相変わらずまっすぐな目だ。

その澄んだ瞳に僕は吸い込まれそうになる。

「負けたって良いじゃないですか。それでも、自分の運命から逃げなかったと胸を張れるなら、上

等ですよ。少なくとも私はその方が好きです！」


その方が好き……か。ここまでストレートに好きだと言われたことはなかったかもしれない。

理屈は分からないけど、何だか心に熱が入ったような気がした。

きっとミアが感情を剝《む》き出しにして僕とぶつかってくれたからだろう。

負け犬は戦った奴に与えられる称号。戦って負けても彼女が僕のことを好きになってくれるなら、そんな人生も悪くないのかもしれない。


「負けてすらいないか……」

僕は布団から出て立ち上がる。くそっ、やっぱり体が重いな。

だけど背筋を伸ばすんだ。この国の第一王子として少なくともミアの前だけでは僕はこれから格好をつけるんだから。

僕は何とか姿勢を正してミアの目の前に立った。


「ミア・アデナウアー。僕は全てがどうでもいいと思っていた。弟が何をしようと……僕を攻撃しなければ、それでいいと。少しでも長く生きられるなら、それで満足だと。だが、そんなことを考えている時点で僕は半ば死んでいた」

「フェルナンド殿下……」

「だけど、さっきの君の言葉を聞いて、負けてみたくなったよ。――僕は生きてすらいなかった。どうせなら、君が好きだと言ってくれた生き方を一度くらいしてみたい」


光が差し込んだ。僕の虚ろだった心の中に。

ミア、君という太陽が僕の心に陽《ひ》を照らしてくれたんだ。

僕は立ち上がってユリウスと戦ってみるよ。

あの生意気な弟と刺し違えても僕は君を敗者にだけはさせない。

やれるだけのことをやろう。いや、ちょっと違うな。無理をしてでもやらなければ、今まで出来なかったことをまるっと全部。

今の僕は何だって出来る。君のためなら――。

◇（フィリア視点へ）

「どうやらジルトニア王国の状況は思った以上に芳しくないらしい。父上と兄上はフィリア殿の返還を断固として拒否すると言っているが……。一応、伝えておくべきだと思ってな」

ジルトニア王国のユリウス殿下が私の返還を請求したという話を告げたオスヴァルト殿下は申し訳なさそうな顔をして私から目を背けました。

故郷がそれほど切迫しているということは、ミアに託した案は飲んでもらえなかったということでしょう。

――それにしても、今さら戻れと言われるなんて思いませんでした。大破邪魔法陣を解けばパルナコルタ王国は一瞬のうちに魔物の手によって甚大な被害を受けるでしょう。

聖女としてそんなことをする訳にはいかないので、当然飲み込める話ではありません。

もちろん、故郷に情がないわけではないのですが。

だからこそ、ミアに出来る限りのサポートはしましたし、知恵も出しました。ジルトニアに滅んで欲しいなどと思うはずがないですから。

しかし、非力な私には二つの国を守るなんて出来ません。どうすれば良いのか、分からなくなってしまいました。

「フィリア殿、多分どうすれば良いのか分からないと悩んでいると思う。短い付き合いだけど、責任感が人一倍強いのは分かっているから……」

言葉を選ぶようにゆっくりと殿下は私に何かを伝えようとされています。

そう、彼の言うとおり私は割り切ることが出来ずに悩んでいました。ミアがいる故郷が心配で、それでも此処《ここ》を離れることが出来ないジレンマで困ってしまっているのです。

「妥協案になってしまうが、パルナコルタ騎士団をジルトニアへの援軍として派遣しようって提案した。議会で渋い顔はされたが、何とか説得出来ると思う。大丈夫、これで何とか踏ん張れるようにしてみせる」

「パルナコルタ騎士団を？」

「ああ、自慢じゃないが我が国の騎士団は世界でも最強だと言われている。ジルトニアにいる妹君の助けになるはずだ。だから心配するな！　信じてくれ！」

なんと、オスヴァルト殿下は先日の約束を守り、ジルトニア王国への援助を実際に提案してくれたみたいでした。

確かにパルナコルタの騎士団は勇猛と名高く、恐れられています。そもそも、この国は武芸が達者な方が多く、私の護衛であるリーナさんやレオナルドさん、そしてヒマリさんもかなりの使い手でした。

そんな頼もしい人たちがジルトニアの援軍になってくれれば、故郷の危機は救われるかもしれません。


「ありがとうございます。オスヴァルト殿下、私に気を使ってそこまで」

「礼なんてものは不要だ。こちらは感謝しているんだ。俺だけじゃない。父上や兄上はもちろん、国民がみんな口を揃《そろ》えて言っている。フィリア殿はパルナコルタ王国の英雄だってさ」

「え、英雄だなんて。大袈裟《おおげさ》です」

私がオスヴァルト殿下の厚意に感謝を示すと、彼は自分たちこそ私に感謝をしていると仰せになりました。

そんな大層なことはしていないのですが。聖女としての責務を果たしただけですし。

「まぁ、あとはジルトニア側からの返事待ちだな。フィリア殿は渡せないが、騎士たちなら援軍に向かわせることが出来ると伝える。ユリウス王子もきっとそれを受けてくれるだろう」

――ユリウス王子もそれを受けてくれるだろう？　私はこのセリフに違和感を抱きました。

普通はこのような厚意を無下にするはずがないので何も心配ないと思ったのですが、何か嫌な予感がしたのです。

「じゃあ、フィリア殿。色々と心配をかけてすまなかった。治安が元に戻れば……故郷にいる妹君に会える日を作れるように何とか取り計らおう」

「いえ、聖女が自分の国を離れる訳にはいきませんから。そこまでご厚意に甘えられません」

「ははっ、やっぱり真面目で頑固だなぁ。たまには肩の力を抜くことも覚えた方がいいぞ」

「申し訳ありません。親にも真面目すぎて可愛げがないと言われる始末ですが、こういう性分ですから……」

どうも人の親切に素直に甘えられないというか、聖女として頑張ることしか考えていなかったのでこういった反応になってしまいます。

もっと愛嬌《あいきょう》というのでしょうか。そういったものがあればと思うのですが。

「そっか。俺はそういうところも愛らしいと思うけどな」

「……あ、愛らしいですか？　ええっと、そんなことを言われたことはないのですが」

生まれて初めて「愛らしい」というような言葉をかけてもらったような気がします。

あまりにも突然にオスヴァルト殿下からそのようなことを言われてしまったので、びっくりして取り乱してしまいました。

「言われたことがない？　ははは、それは信じられないな。俺は毎回そう思っているぞ。フィリア殿

の真面目すぎるところが愛らしいってさ」

上機嫌そうに笑いながら殿下は帰ってしまわれたのですが、私は暫《しば》くの間、鼓動の音が鼓膜に響いて動けませんでした。


「――フィリア様、顔が赤いみたいですが風邪でも引かれましたの？」

「ぐ、グレイスさん？　いえ、体は健康そのものです。今まで病気になったことはありませんから」

「一度も病気になられたことがないのですか!?　さすがですわ。なるほど、聖女たる者体が資本というわけですね。勉強になりますの」

「お嬢様、病気になったことがないってそんなレベルじゃないと思いますよ」

特に意識しているわけではないのですが、スパルタ教育を受けているうちに体が頑丈になってしまいました。

グレイスさんはその弁解を聞いてはくれませんでしたが。

とにかく、オスヴァルト殿下がジルトニア王国のために動いてくれました。これで状況が良くなればと思っていたのですが、その日の夜にヒマリさんの代筆でミアから手紙が届きました。

内容は国王陛下の薬の処方方法を教えて欲しいということと、ミアがユリウス殿下を失脚させようと動いていることです。

ミア、どうしてあなたがそんな危ない橋を？　一体、向こうでは何が起きているというのでしょう。

◆

「ジルトニア王国の国王の体調が芳しくないことは聞いておりましたが、まさかフィリア殿の処方された薬を飲んでいたとは」

「やはり、フィリア様には憧れてしまいますわ。聖女としての実績のみならず、多方面で活躍されていますし」

「でもでも、その良く効く薬のレシピが紛失したのが故意によるものだとすると……」

リーナさんの言葉の後に続くのは巨大な悪意でした。

つまり、それはユリウス殿下がジルトニアの国王陛下の崩御を早めようと目論《もくろ》んでいるということです。

ミアはそのことを確信しているように思えました。

そして彼女は国を本気で守ろうとしないユリウス殿下に嫌気がさして、彼を国政の表舞台から葬り去ろうと考えています。

誰にでも優しく温和だった彼女がここまで激情に駆られるのにはどんな理由があるのでしょう。確かにユリウス殿下が今になって私を呼び戻そうとしていることから推測するに、かなり困却しているように感じますが。


「とにかく、ヒマリさんの元に薬のレシピを届けます。あれから改良を重ねましたので、完治する可能性もありますし。ミアにはくれぐれも無理をしないように、と添えて」

陛下の病気は流行《はや》り病でしたが、私がジルトニアにいる間に作った薬では症状を和らげることが精一杯でした。

しかし、パルナコルタに来て、結界を張る作業をしているときに偶然見つけた植物から抽出した成分は薬の効果を引き上げることが可能です。陛下と同じ症状の患者さんが何人か完治されるほどに。

ですからミアからの依頼はタイミング的に言えば、これ以上なく良い機会でした。

「とはいえ、この手紙が真実だとすれば、ミア殿は今かなりの窮地に立たされていますぞ」

「分かっています。私も出来れば止めたいと思っているのです。ですが――」

ミアの覚悟は固い。彼女はジルトニアの聖女として危険を顧みず動こうとしています。

そう思うと彼女のしようとしていることは正しくもあるのです。なぜなら、聖女が守るべきものは王室ではなく。

「聖女が守るべきは〝国〟、ですよね？　フィリア様」

「守るべきは国？」

私が口を開く前にグレイスさんが声に出されたことをリーナさんが復唱しました。

グレイスさんは前に私が本に記したことを読んでおり、それを覚えているみたいです。

「フィリア様の著作、『聖女論』の一節に〝国を作っているのは王室ではなく、国民。国民のいない国の末路など、想像するに容易《たやす》い〟と記されてありましたの。わたくしの心のバイブルである『聖女論』の中で特に印象的でしたので、よく覚えておりますわ」

「王室だけが生き残ろうと、国民がいないと国が潰れるのは真理。ライハルト殿下もそんなことを仰せになっておられましたなぁ」

「聖女様のお務めはあくまでも国を守ること。フィリア様はそれを徹底されていたのですね」

私は思ったことを書いたつもりでしたが、この書籍はユリウス殿下を一番怒らせました。

王室を軽んじていると。王室あっての国家だと。

思えば、少しだけ過激なことを書いたのかもしれません。

でもミアは私の影響なのか分かりませんが、それを実行しようとしています。

私だったらそれが正しいと思ったとしても大胆に動けたかどうか。

あの子は気高く強い子なのですね。ですから、なおのこと守りたい。ミアの心意気が報われて欲しいと思っていますから。

「大丈夫ですよ～。フィリア様、パルナコルタ騎士団は強いですから。きっとジルトニア王国やミア様のお手伝いが出来ます！」

そんな私の心を見透かしたようにリーナさんは安心させようと声をかけてくれます。

パルナコルタ騎士団の力を借りられれば、時期が遅くても何とか出来るかもしれません。

でも、ミアの手紙を読むとユリウス殿下が他国の兵力を受け入れるか怪しくなってしまっているのです。

「とすると、やはりジルトニアの存亡はミア殿の手腕に」

「フィリア様のお薬があればきっとジルトニア国王が正しき判断をしてくれるはずですわ」

「ヒマリさんも居ますしね」

いけませんね。最近はどうしても顔に心情が出てしまうみたいです。

そもそも、このような過激な内容の妹の手紙について相談を他人にするようになっている時点で私は変わったのかもしれません。

——心が弱くなっている。

聖女とは強くなくてはなりません。心身共に、いえ、精神力こそ肉体よりも遥《はる》かに強くなくては……。

結界術や破邪術は己の精神状態が深く関わってきます。だからこそ、私は術の威力を高めるために様々な訓練をして精神力を高めたのです。

人の心の温かさに触れ、心地良いと感じてしまい無意識に頼ってしまっていました。

もっと強く気を持たなくては。ミアを助けることどころか、国を守ることもままならないかもしれません。

ミアがジルトニアの聖女として茨の道を進もうとしている。姉の私に出来ることをもう一度、考えなくては。

「……昨日よりは上手くなりましたが、まだ難しいですわ」

古代術式の訓練に戻ったグレイスさんは発動させることにまだ戸惑っているみたいです。

大破邪魔法陣にしてもそうですが、もっと多くの方が古代語を理解して、使えるようになっていれば、この事態も容易に切り抜けることが出来たでしょう。

マーティラス家が古代語を修得させていることで、グレイスさんはあと一歩で発動という段階まですぐに来ましたが。

いや、待ってください。古代術式には確か……。

気付けば私は何度も読み返した古代の文献を開いていました。

◆

「フィリア様、フィリア様……、あの～～、フィリア様～！」

「……り、リーナさん？　いつからそこに居ました？」

「ええーっと、三十分くらい前ですかね」

古代語の書物を隅々まで読んでいましたら、いつの間にか日が落ちてリーナさんが背後から声をかけていました。

悪い癖です。集中すると周りが見えなくなる。

特に研究のために書物を読んでいるときはダメです。時間が経つのも忘れて日を跨《また》いだことが何回もありました。

「今日のディナーはグレイス様のところのアーノルドさんが、レオナルドさんと料理対決をするみたいですよ」

「りょ、料理対決ですか？　お料理で戦うとはどういうことですか？」

「あ、それはですね～。アーノルドさんとレオナルドさんのどちらが美味《おい》しい料理を作るか……という勝負です」

な、なるほど。いや、分かりません。どちらが上手に料理を作るのか優劣をつける意味が。

お二人とも料理店のシェフでもないですし。

「余興というか、お楽しみというか～。とにかくフィリア様に元気になってもらおうと企画しました～！」

「は、はぁ。こちらの方はそういうことがお好きなんですね」

私はリーナさんに促されるまま、食堂へと向かいました。

いい匂いがします。食欲を引き立てるような素敵な香りが。

そして、仁王立ちしているのは、調理服に帽子を被ったレオナルドさんとアーノルドさん。グレイスさんは既に席についています。


「アーノルドの料理はボルメルンの一流料理店のシェフにも匹敵する腕前ですわ。レオナルドさんには申し訳ありませんが、勝負は見えていますの」

「そうなのですか？　レオナルドさんもかなりの腕前だと思いますが」

楽しそうにアーノルドさんの料理の腕を語るグレイスさん。彼女はこの余興を楽しんでいるみたいです。

「レオナルドさん。まずは私のサーブからでもよろしいでしょうか？」

「構いませんぞ。アーノルド殿の料理、見せてもらいましょう」

まずはアーノルドさんの料理の試食からのようですね。

どんな品なのでしょう。こ、これは、確か。

「白レバーのボルメルン風マリネです。買い出しに行ったときに希少な部位が手に入ってラッキーでした。お口に合うと良いのですが」

やはり白レバーでしたか。鶏の脂肪肝で特に肉質に脂肪分が多いものだったはず。

食べたことはありませんが、本で読んだことはあります。いったいどんな味なのでしょうか。


「――お、美味しいです。レバー特有の風味があるのに臭みはなくて、それでいてむっちりとした食感が何とも言えない食べごたえを演出しています。とても上品な味付けですね」

「さすがはフィリア様。お料理を召し上がられたときの寸評も理路整然とされていらっしゃいますわ。この美味しさ。アーノルドの勝ちですわね！」

グレイスさんは胸を張ってアーノルドさんの勝利を宣言されました。

実際、彼の料理がプロ級というのは間違いありません。王宮のパーティーに出されているメニューと遜色ない出来でしたから。

「グレイス様、アーノルド殿の勝利を確信するのは、このレオナルドの料理をご覧になってからにしてもらいましょう」

いつにも増して気合十分なレオナルドさんが皿を私たちの前に出しました。

「パルナコルタ近海で捕れた、鮭《さけ》のミ・キュイにリエットを添えさせてもらいました。さぁ、召しがってください！」

ミ・キュイとは半生に調理された品で繊細な火加減が要求される難しい品だったはずです。

そして、リエットはパテのようにペースト状にしたメニュー。この二つを上手く融合させているということですか。

「このミ・キュイの独特の食感は火入れ加減が絶妙だからこそ楽しめるということですね。リエットも鮭の美味しさを存分に引き出して、料理の味を一段階上に引き上げています」

「な、なかなかおやりになりますわね。レオナルドさんも……」

見事な調理をされたレオナルドさんの品を召し上がったグレイスさんは、顔を緩ませて彼に賛辞を贈ります。

しかし、困りました。何とリーナさんはお二人の料理の優劣を私につけて欲しいと言うのです。

こういったことは経験がないので、どうやって決めれば良いのか分からないのですが……。

「フィリア様～、あのう、フィリア様～？」

「はい。す、すみません。どちらが美味しいのか、その。まだ、決めることが出来なくて」

真剣に考えて、考えて、考え抜いてもアーノルドさんとレオナルドさんの料理の勝ち負けを判断することが出来ずに私は参ってしまいました。

こんな難しい命題は初めてかもしれません。模範解答があれば見てみたいです。

「でしたら、引き分けで良いのではないですか？　わたくしなら、そう申し上げますけど」

「ひ、引き分けですか？　でも、勝負とは優劣をつけることでは？」

「もちろん試験などではそうですけど、これは余興ですし。フィリア様が楽しむことが目的ですから。曖昧だからこそ良いこともありますわ」

曖昧だからこそ、良い？　今まで考えたこともなかったです。

一つの命題に取り組むとき、私は必ず正しい答えを出そうと努力してきました。それが善だと思っていましたから。

そのため、答えを出さなくても良いこともあるというグレイスさんの意見は、私にはとても新しく思えたのです。絶対に正しい答えなどない命題もある。そんな当たり前のことに私は気付いていませんでした。


アーノルドさんとレオナルドさんの料理勝負は引き分けに終わり、食事を終えた私たちはリーナさんの淹《い》れた紅茶を飲みます。

「ところで、フィリア様はお料理をなさったりするのですか？」

グレイスさんは私の料理の腕前について言及されました。

わ、私の調理技術ですか。それは――。

「お恥ずかしいですが、私は料理だけはなぜかいつも失敗してしまうのです。基本的に黒焦げの物体が出来てしまって」

私は料理が下手です。レシピを見て、そのとおりに作ったはずのものがとんでもない味になったりします。

「意外ですわ。フィリア様って何でも出来る方だと思っていました……」

「でも、何か安心しますよね～。フィリア様も完璧じゃないって、逆に親しみやすいというか～」

グレイスさんとリーナさんはなぜか嬉しそうに私の料理下手の話を聞いていました。

こうしてリフレッシュした私は古代語の書物の研究作業に戻り、ついに発見したのです。ジルトニア王国を、ミアを助ける方法を。

可能かどうか分かりませんが、僅かながら希望が出てきました。

◆

「突然呼び出して、申し訳ない。父上がどうしてもフィリア殿に会いたいと言い出してな」

パルナコルタの王宮に呼び出された私は迎えに出ていたオスヴァルト殿下に声をかけられました。

この国の国王、エーゲルシュタイン・パルナコルタ。彼が私に会いたいと仰せになられたらしいのですが、どんな用事でしょう。

「私、何かまずいことをしたのでしょうか？　破邪魔法陣の影響で動くことが出来なくなっております し」

聖女として出来ることが激減してしまっている上に、ユリウス殿下が私のことで面倒をかけているので、陛下はお怒りなのかもしれません。

その上、最近は故郷のことにばかり気を揉《も》んでいましたから、怠慢な態度だと取られても文句は言えません。

「そんな訳ないじゃないか。父上がフィリア殿に文句でも言おうとしたら、閻魔《えんま》様に代わって舌を抜いてやる」

「それは嘘をついた方への処遇では？」

「あはは、笑ってもらおうと冗談を言っただけさ。……父上がフィリア殿の批判をするとは思わないが、万が一そんなことを言ったら怒鳴ってしまうだろうな。俺はフィリア殿の心を傷付けられることが一番気に食わないから感情的にもなる」

オスヴァルト殿下は私の心を大切にしたいと仰せになりました。

感情的……ですか。ミアを助けたいという衝動はそういう感情的な気持ちからなのでしょうか。今まで、こんなに胸の熱さに突き動かされることがなかったので戸惑ってしまいます。

「私としてはオスヴァルト殿下が怒鳴る姿を見るほうが耐えられません。自分のせいで殿下の立場が悪くなるかもしれないと思ってしまうと特に。ですから、殿下が怒鳴る前に止めてしまいそうです」

「それはフィリア殿の感情からか？　それとも理性からか？」

「……どうでしょう。常識と照らし合わせて考えて、陛下を怒鳴るなどご子息である殿下といえども言語道断だと思いますから。後者ではないかと」

「はは、あなたらしい答えだ」

上機嫌そうに笑うオスヴァルト殿下と共に謁見の間に入る私。

目の前には精悍《せいかん》な顔付きの初老の男性。この国の国王であるエーゲルシュタインその人と私は初めて対面しました。

「おおっ！　聖女フィリア殿、歓迎するぞ。挨拶が遅れてすまなかったな。ワシがパルナコルタ王国の国王、エーゲルシュタイン・パルナコルタだ。稀代《きたい》の聖女……フィリア殿が我が国へ来てくれたこと、国を代表して感謝の意を示す」

陛下は私の顔を見るなり笑顔を向けられました。先程までの厳格そうな雰囲気から一変し、親しみやすい表情になられたので私は少しだけ驚きます。

この感じはオスヴァルト殿下に似ているような気がしますね。

「あなたの話は愚息共から聞いておる。大陸全土の国々が対策に追われる大災害とも呼べる事態を、よくぞ真っ先に察知し最善の策を実行してくれた。聖女フィリア殿の功績は未来永劫《みらいえいごう》、この国で語り継がれるだろう」

陛下はとにかく私を持ち上げてくれました。それはもう、聞いているだけで恐縮してしまうくらいです。

私としては当然の行動をしただけなのですが、ここまで評価されるとはまったく思いもよりませんでした。

「その功績に報いねば、ワシは国王として笑い者になってしまう。遅ればせながら、フィリア殿、あなたの望みを可能な限り叶《かな》えようと思うのだが」

私の望みを何でも可能な限り叶えてくれるという言葉を放つ陛下。

望みと言われましても、この国にとって無関係なことくらいしか――。

「隣国、ジルトニア王国に残した妹君を助けたくはないのかね？」

「…………？」

な、何を仰せになっているのでしょう。陛下は私がミアを助けたいと願っていることを知っておられる？

オスヴァルト殿下からお聞きになられたのでしょうか。

助けたいかと尋ねられれば、私は――。

「た、助けたいと思っています。彼女もまた聖女としての責務を果たそうと懸命に戦っていますが、あまりに事態は深刻で……。もしものときを想像すると、堪らない気持ちになるのです」

しまった。なぜ、私はそんなことを国王陛下に。

ミアを助けたいことは事実です。何としてでも救いたいと思っています。

ですが、国家の長たる陛下にこのようなことを申し上げるのは――。


「申し訳ありません！　聖女失格です。私は自分の欲を口にしました。先程の発言は――」

「取り消さなくて良い！　フィリア殿、そなたの純粋な想い、しかと聞かせてもらった！」

「えっ……？」

私が自分の発言を取消そうとしたそのとき……陛下は大きな声でそれを制止しました。

そのあまりの胆力に思わず私は退きそうになってしまいます。

「そもそもの発端は我が国が聖女を欲したことにもある。フィリア殿の願いを叶えることはパルナコルタ王室の急務じゃ。安心なされ、そなたの想いに我らは全力で応える準備をしようではないか」

「ふむ、父上もたまには良いことを言う」

「黙れ、道楽息子。お前はフィリア殿の力になることを考えよ。ライハルトにもそう伝えておく」

オスヴァルト殿下の先程の冗談にも取れる発言――それは自分の父親なら私を助けようとすると信頼してのものだったのでしょうか。

まさか、このような展開になるなんて。

「だが、ちょっと困ったことになっているんだ。ジルトニアの王子様はパルナコルタ騎士団を受け入れられないってさ」

「ふむ。そうか……。ユリウス殿は我が国の軍事力が自国に不利益をもたらすと判断しおったか。両国の信頼関係を築けなかったのは口惜しいな……」

やはり、ユリウス殿下はパルナコルタ騎士団の受け入れを拒否しましたか。

現在の彼はこの混乱に乗じてジルトニアの実権を握ろうと考えています。ならば、パルナコルタ騎士団を邪魔だと考えることは必然。

しかし、ミアが今――。


「オスヴァルト殿下、わがままが許されるのならば……。騎士団をジルトニアの国境近くに待機させて頂くことは可能ですか？」

「フィリア殿？　もちろん、それくらいのことは問題ないが」

「近い内にジルトニアの国家情勢は必ず変わります。ユリウス殿下は失脚し、おそらくジルトニア国王は騎士団を受け入れるはずです」

あのミアが決意を固めてユリウス殿下を排斥しようと動いているのです。

身内びいきなしでも優秀な彼女のこと。きっとそれを成し遂げるでしょう。

ならば私のすることは彼女の成功を信じて、その後の手助けをすることだけです。


「何か確信していることがあるんだな。任せてくれ。近い内に騎士団をジルトニア王国付近の砦《とりで》に集合させる」

オスヴァルト殿下は力強い返事をされて、朗らかな笑顔をこちらに向けました。

彼の自信のある表情を見るとなぜかこちらも安心してしまいます。

「ありがとうございます。これで故郷は救われます」

「しかし、フィリア殿。魔物の話だからあなたの方が知っているとは思うが、このペースで魔物が増えると数日後には騎士団が加勢しても抑えられるかどうか分からない」

私がオスヴァルト殿下に礼を述べると、彼は真剣な表情となり、魔物の増加率について私見を述べました。

彼の目算は正しいです。ジルトニアが国家としての体裁を保てるかどうかのデッドラインは迫っています。

魔物の数は指数関数的に増えている。

おそらくユリウス殿下と周りの文官たちはそれに気付いておらず、知っているミアの意見は黙殺しているのでしょう。


「一つだけ、全てを救う手段があります。グレイスさんの力を借りられれば、という前提条件になりますが」

「「――っ!?」」

古代術式についての資料を読み漁《あさ》り見つけた解決方法。今から準備するのはかなり際どいですがグレイスさんの手を借りられれば、この手段が最適解となるはずです。

ジルトニアが滅亡してしまうまで、残りの日数はあと僅か。

時間との戦いが始まりました。

◆

「フィリア様、そ、それにオスヴァルト殿下。わたくしにご用とはどのようなことでしょう?」

私は屋敷の庭で古代術式の修練を積んでいるグレイスさんに話しかけました。

彼女が力を貸してくれれば、或《ある》いは全てが解決に至る可能性が見えてきましたので、彼女に相談をしたかったのです。

「俺もまったく要領を得てないんだ。フィリア殿、説明をよろしく頼む」

オスヴァルト殿下にはグレイスさんが一緒の方が説明しやすいとだけ話していました。

私の見つけた解決方法はとてもシンプルです。

パルナコルタ全土を覆う大破邪魔法陣が魔界の接近に対抗する最適解であるのなら。

「この大陸全体に魔法陣を広げて覆ってしまえば良いのです」

「あー、なるほどな。それは、確かに一番の解決方法だ。って、そんなこと出来るんだったら最初からやっているだろ？　フィリア殿の性格なら」

オスヴァルト殿下はポンと手を叩《たた》いて納得しかけるも、すぐに首を横に振って反論されました。

もちろん、私の力が強ければそうしていたのですが。

「オスヴァルト殿下、いくらフィリア様が規格外の聖女といえども一人の人間です。大陸全土を覆う結界など魔力が足りるはずがありませんわ」

グレイスさんも同業者ですから、私の言っていることの難しさをよく理解しているみたいです。

そう、たった一人の魔力では大陸全土を覆うことは不可能。ならば、どうするか？　答えは簡単です。

「ですから、魔力を貸して欲しいのですよ。グレイスさんに」

「わ、わたくしの魔力をフィリア様にお貸しするのですか？」

足りなければ、他から借り受ければ良い。これが私の導き出した結論です。

そうすれば、一人では不可能だった規模の魔法陣を発動させることが出来ます。グレイスさんは破邪魔法陣を自国に持ち帰ることが目的みたいでしたので、同様の効果を得られれば十分にメリットのある話だと思ったのです。

「古代術式に魔力集束術という術式があります。これは任意の人間に魔力を集めることが出来る術です。この術式を使えば私の魔法陣を超巨大化させることも可能という理屈なのですが」

「すごいんだな。古代の術というのは。それでなんで滅びたのか分からない」

オスヴァルト殿下は感心しながら古代の魔法文明が滅びたことに言及しました。

なぜ滅びたのか。それは、間違いなく力があり余ったからでしょう。術式の使用によって大陸一つが消し飛んだとの記述もありましたし。

とにかく他力本願ではありますが、現実的にジルトニア王国を救う手立てが見つかりました。魔力集束術は破邪魔法陣ほど難しい術ではないので、古代語を理解しているグレイスさんならそれほど時間をかけずにマスターすることが可能です。

「む、無理ですわ。私などの魔力ではとてもとても大陸全土を覆うに足る力を貸与することは不可能です」

「確かにグレイス殿は名家の生まれで魔力は一般人を遥かに超えているとはいえ、フィリア殿ほどではないのでは？　それで大陸全土は素人の俺でも計算が合わない気がするが」

グレイスさんとオスヴァルト殿下は二人の力でも破邪魔法陣を拡大させるには足らないのではと懐疑的でした。

その目算は正解です。私とグレイスさんだけでは魔力は足りません。ですから――。

「グレイスさん、お姉様方の魔力はグレイスさんと比べてどれくらいの量なのでしょうか？」

「姉たちの魔力ですか？　私は最近聖女になったばかりですので、姉妹の中では一番少ないです。もちろん、これから追い抜くつもりですが」

「この魔力集束術は古代語を理解していれば、それほど難しい術式ではありません。私がグレイスさんに術を教えますので、それをお姉様方に教えて頂けませんか？」

「な、なるほど。三人の姉の力も合わせて、五人分の魔力があれば破邪魔法陣を大陸全土を覆うほど大きくすることが可能というわけですわね」

そう、私の作戦は全員が聖女だというグレイスさんの三人のお姉様の力も借りることでした。

五人分の魔力を合わせれば大規模に魔法陣を展開させることが可能なのです。

「グレイスさんは破邪魔法陣を修得に来られたと仰ってましたが、お教えしたとおりアレは高等技術ですから直《す》ぐに覚えることは困難です。しかし、この魔法陣を巨大化すればボルメルン王国も同様の恩恵を得ることが出来ます」

「はい。姉たちも国家に貢献が出来る提案なら断るはずがありませんわ。素晴らしい解決方法だと思いますの。そうでしょう、アーノルド」

「ええ。エミリー様あたりが文句を言われるかもしれませんが、旦那様はきっと喜んで賛成するでしょう。国王陛下も近隣諸国に恩が売れると乗り気になるでしょうし」

どうやら私の作戦は受け入れてもらえそうです。

我ながら厚かましい提案だと思いましたが、これで多くの方が救われるのですから、許して頂きたいと思います。

「フィリア様！　わたくしは、フィリア様のお役に立てることが嬉しくて仕方がありませんわ。早く術式の特訓を開始しましょう！　フィリア様の一番弟子としての責務を果たして見せますの！」

思った以上にやる気になってくださったグレイスさんに少しだけ驚きましたが、彼女の気遣いがとても嬉しかったです。

時間は限られております。しかし、発動さえすれば魔物の数は関係なく無力化が可能ですから、これは大きな希望です。

グレイスさんの弟子という言葉に、師匠をしてくださった伯母のヒルデガルトを思い出しました。

思えば厳しくも優しい方で、私が将来的にどんな困難に当たっても挫《くじ》けないために多くのことを教えてくださったのです。

彼女のおかげで私もこうして誰かに、誰かを助けるための手段を教えられます。

グレイスさん、共に頑張りましょう。ジルトニアやボルメルンだけでなく、この大陸全てを救うために。

◆

「はぁ、はぁ……、もう少しですの。フィリア様のお役に立ってみせますわ」

グレイスさんは屋敷の庭で魔力集束術の特訓をしています。

古代術式の基礎を修得している彼女は早くもあと一歩で成功というラインまできていました。

これなら夕方には完全に術式をマスター出来ると思います。

さて、私は私で大事な仕事をしませんと。

「フィリア様、先程から何を熱心に書かれているのですか？」

グレイスさんは私が紙に長々と文章を書いていることに気付き、声をかけてきました。

これは、彼女が実家に戻る際に必要になる書類です。

書いている内容はというと――。


「ずっとグレイスさんの修行を観察していて気付いた点を含めて、古代術式の修得方法をまとめているのですよ。お姉様方にはグレイスさんがお教えするので、そのときに役に立つと思いまして」

そう、私が執筆しているのはグレイスさんがどうやって教えれば良いのかという効率化された修行方法です。

彼女の特訓を見て、躓《つまず》きやすい点や勘違いしやすい点をまとめました。より早く術を覚えられるようになってもらうために。

これを読んでもらえれば、恐らくグレイスさんよりも早く術を覚えることが出来るはずです。

「拝見させて頂いてもよろしいでしょうか？」

グレイスさんは私の書いた指南書を読みたいと言い出しました。

もちろん、グレイスさんにはこれを持ち帰って頂いて、読みながら指導をして欲しいと思っていますので、私は彼女に指南書を手渡します。

きちんと分かりやすく書けていますでしょうか。

「えっと、フィリア様。以前にも誰かに術を教えたことがありますの？」

「いいえ。直接教えるのはグレイスさんが初めてです。本は何冊か書きましたが」

「そうなのですか⁉　そうは思えないくらいとっても理解しやすいですわぁ。さすがはフィリア様です！」

彼女はなぜか興奮気味になりながら、指南書に目を通しています。

読みやすいのでしたら、良かったです。随分と上機嫌そうなのは気になりますけど。

「これさえあれば、わたくしでも何とかなりそうです。フィリア様直筆の指南書、こちらは我が家の家宝にしますわ！」

「そんな大層なモノではありませんよ。でも大丈夫そうで、安心しました」

私は彼女の様子を見て、何とかなりそうだと希望が見えてきました。

グレイスさんは指南書を読み込んで、再び特訓へと戻ります。

ひたむきに、そして熱心に取り組んでくださっていますね。彼女には感謝しても感謝しきれません。


「例の魔力集束術とやらの訓練ですか？」

そんな中、屋敷に来られたのはライハルト殿下でした。

オスヴァルト殿下から話を聞かれているのか、魔力集束術についてご存知のようです。

「左様でございます。術の修得まであと一歩というところです」

私はライハルト殿下に進捗状況を伝えました。

彼はこの計画についてどうお考えなのでしょう。パルナコルタ騎士団の派遣にはあまり良いお顔をされていなかったと聞いておりますが。

「最高の案だと私は思いましたよ。フィリアさん」

「お、お褒めに預かり光栄です」

ライハルト殿下はニコリと笑みを向けながら、この計画を褒めてくださいました。

彼はグレイスさんの方に視線を向けながら言葉を続けます。

「こちらの犠牲はなく、他国に恩が売れるのです。パルナコルタ王国の繁栄を願う聖女として、これ以上の行動はありません」

なるほど、ライハルト殿下はあくまでも為政者の立場で称賛してくれているということですか。

ボルメルン王国の聖女であるグレイスさんに計画を手伝ってもらう以上、私も打算的に考えて計画を練りました。

ライハルト殿下の仰ったことはその核心部分です。

「グレイスさんを見ていると思い出します。先代の聖女もこうして、一生懸命に訓練していました。パルナコルタを守るために」

懐かしそうに過去を語るライハルト殿下の顔からは少年のようなあどけなさが見え隠れしていました。

このような表情もされるのですね。ずっと、国のことを想われている隙のない方だと思っていましたが。

「私はこの国をより豊かにする天命を持って生まれた人間です。聖女もまた、国の繁栄のために動く者……。フィリアさん、あなたはそれを誰よりも体現されておられる」

ふとした瞬間に、真剣な顔つきに戻られたライハルト殿下は私の方を向いて、そんな言葉をかけました。

体現出来ているか分かりませんが、そうあろうとは思っています。

「故郷を離れ、現状を受け入れる暇もなく、それでも聖女として動かれていたあなたに感服しているのです。あの魔法陣の発動からはフィリアさんの覚悟が伝わりました」

「今の私はパルナコルタの聖女なのですから、この国のために動くのは当然かと存じます」

もちろん故郷に未練はありましたし、妹のことも心配でした。

ただ自分が何をするべきなのかを問うたとき、やはり自らの義務を全うすることこそが自分の道だと思いましたので、大破邪魔法陣を発動させることを決心したのです。

「それは誰しもが出来ることではありません。心の強いあなただからこそ、出来るのです。あの日、教会で決意を固めたあなたが術を使用した。私はそのときのフィリアさんの表情に見惚《みと》れてしまいました」

「ライハルト殿下?」

「もしかしたら、誤解を招いていると思いまして、はっきりとお伝えしようかと。私はフィリアさんだから婚姻を求めたのです。誰かの代わりだなんて。そんな邪な気持ちは抱いておりません。ただ、それだけを伝えたかった――」

ライハルト殿下ははっきりと先日に求婚された理由を述べられました。

こんなにストレートに好意を伝えられたことはありませんでしたので、どうして良いのか分かりません。

彼の気持ちは嬉しい。それは間違いないのですが。それでも、私は――。

「私は今、頭の整理が追いつかない状況にあります。殿下のお気持ちは非常に嬉しいですし、勿体《もったい》ないお言葉だと理解出来ているのですが」

「分かっていますよ。グレイスさんの頑張りがもたらす結果がハッキリするまで……あなたの心の平穏は戻らないでしょう。私は焦ってなどいませんから。ゆっくりと考えてください」

そんな言葉を残して、ライハルト殿下は屋敷を後にしました。

相変わらず私は気の利いたことを言えませんね。

それに他人からの好意に臆病になっているような気がします。

精神はかなり鍛えたつもりなのですが、まだまだ修行不足なのかもしれません。

それから、数時間後。夕焼けが見えるようになった頃……。

「フィリア様！　ど、どうですか？」

緊張した面持ちで私の顔を覗《のぞ》き込むグレイスさん。

大丈夫です。安心してください。

「完璧です。グレイスさん、ありがとうございます」

「やりましたわ！　アーノルド！　わたくし、フィリア様に褒めて頂けました！」

「おめでとうございます。グレイス様。既に帰りの馬車は用意しております。少し慌ただしいですが、帰りは早い方がよろしいでしょう」

アーノルドさんは直ぐにボルメルン王国に向かえるように準備を整えていました。

術を覚えたグレイスさんが直ぐに故郷に戻ることが出来るように。

「当然です！　フィリア様！　このグレイス、必ずやもう一度ここに参上すると誓います。信じて待っていてくださいまし！」

「もちろん、信じています。グレイスさん、どうかお気を付けて」

こうして、グレイスさんはこの屋敷から去っていきました。

彼女の頑張りがこの大陸の運命を左右します。

しかし、あの太陽のように眩《まぶ》しい笑顔を見ると失敗する未来が浮かばなくなりました。

大丈夫です。彼女ならやり遂げてくれる。私はそれを確信していました。

◆

「どうやら、フィリア殿の予想どおりの展開になりそうだ」

グレイスさんが帰国した翌日の朝、オスヴァルト殿下に王宮の前まで呼び出された私はジルトニア王国の動きについて彼から聞かされます。

「ヒマリさんがこちらに寄越《よこ》した情報によれば、ジルトニア王国で近く大規模なパーティーが開催されるそうだ」

「このような有事にパーティーですか？」

「決起集会みたいなものだろう。士気を上げるためのさ。あちらはこちらとは比べものにならないくらい状況が悪いのだから」

決起集会――おおよそ合理的ではないように見えますが、士気を上げねば状況を覆せないと思われているならあり得る話なのでしょう。

「とはいえ、フィリア殿の言うとおり士気向上だけが目的なら、そんなことはしない。もちろん、これは表向きの目的だ。真の目的は別にある」

「真の目的？」

パーティーの真の目的とは一体。待ってください、ミアは第一王子フェルナンド殿下の派閥を後ろ盾にユリウス殿下を排斥しようと動いているはず。

そして、このタイミングでパーティー。まさか、ユリウス殿下は――。

「ま、まさか。パーティーの真の目的はフェルナンド殿下の暗殺なのでは？　ユリウス殿下がそこまで大胆に動くとは思えませんが」

「さすがに鋭いな、フィリア殿は。ヒマリからの書状にはそう書いてあった。さらに付け加えると、病に伏しているジルトニア国王の暗殺も同時にするつもりだそうだ。この意味は分かるな？」

ユリウス殿下はこの混乱の時期を利用して国王となり、国の全権を完全に掌握しようと目論んでいるということですね。

しかし、これはミアにとってもチャンスなはずです。これでユリウス殿下を国王やフェルナンド殿下にとっての反逆者として捕らえることが出来るのですから。成功すればの話ですが。

現状、成功する可能性は高いです。ユリウス殿下の計画がこちらまで筒抜けということは、あちらの陣営にかなりの数のスパイがいるはず。

つまり、彼の計画は既に失敗することが確定しているのです。

懸念すべきポイントがあるとすれば――。

「この情報が全てフェイクだったら、と考えると軽率な行動は取れない」

「ええ、無実のユリウス殿下を糾弾などすれば返り討ちに遭うことは間違いないでしょうから。ですから、ミアもフェルナンド殿下もギリギリまでユリウス殿下の動きを見守る必要があります」

可能性は低いですが、ユリウス殿下が噂《うわさ》を撒《ま》いているパターンもありますから注意は必要です。

「まぁ、どちらにしろ準備は必要だ。だから、集まってもらったんだ。我が国の精鋭中の精鋭――パルナコルタ騎士団に」

「あちらにいらっしゃる方々があの有名な」

私とオスヴァルト殿下が城の中庭に入ると、屈強な男性たちが一斉に頭を下げました。

その統率された動きももちろんですが、何よりも彼らから感じられる気迫により一人ひとりが武芸の達人であることが伝わってきます。

その中でも飛び抜けて異彩を放つ長身の男性がこちらに近付き、背筋を伸ばして一礼しました。

「私はパルナコルタ騎士団、団長。フィリップ・デロンと申します！　聖女フィリア様、ご挨拶出来て光栄です！」

大柄な体から猛々《たけだけ》しさを感じさせながらも、フィリップさんは礼節に則って丁寧に挨拶をされました。

「実はフィリア様の妹君を想う心意気に私はこの上なく感動してしまいました！　いやー、やはり愛情というものは偉大ですなぁ！　国を越えて妹君の無事を願う！　美しいじゃありませんか！

ああ、素晴らしきかな姉妹愛！」

「フィリップさん？」

「こういう性格の男なんだ。この前は子供向けの絵本を読んで泣いていた」

フィリップさんの突然の豹変《ひょうへん》に私が少し驚いていると、オスヴァルト殿下は楽しそうな顔をしていつものことだと仰せになります。

どうやら、感受性が豊かな方の様です。


「フィリア様、このフィリップが必ずや妹君のミア様をお助けします！　ご安心ください！」

彼は腕の筋肉を強調させながら、ミアを助けてくれると約束されました。

とても頼りになりそうな方で良かったです。

「フィリップは面白いだけじゃないから、安心してくれ。こう見えても世界一の槍《やり》の使い手なんだ。デロン流槍術《そうじゅつ》の師範でもある」

オスヴァルト殿下がフィリップさんの紹介をしていると、彼は自分の背丈よりも遥かに長い槍を軽々と持ち上げて見せました。

こんなに大きな槍は見たことがありません。

「凄いですね。これほどの得物を簡単に扱うなんて」

「先代の聖女が亡くなってからというもの、フィリア殿が来るまでの間、フィリップの槍には随分と頼っていたからな。ちなみに俺もこの男に槍術を習っていた」

聖女がいない場合は当然のことですが、兵士たちが魔物から国を守ります。フィリップさんはそんな中で特に活躍されていたみたいです。

「オスヴァルト殿下も槍を使えるのですか？」

「使えるも何も、殿下の実力は騎士団の者たちと遜色ないレベルです！」

「使う機会はこれといってないんだけどさ」

確かにオスヴァルト殿下は王族の方とは思えない体つきをしていると思っていましたが、槍の達人でしたか。

とはいえ、使う機会がないのは当たり前でしょう。王族を魔物たちと戦わせるわけにはいかないでしょうし。

「では、殿下、フィリア様！　行ってまいります!!」

フィリップさんは騎士団を引き連れてジルトニア王国国境付近の砦まで進軍を開始させました。

これで、あとはミアが上手くやり遂げれば恐らく――。

私はジルトニアの妹の健闘を祈ります。

「あとは、グレイスさんが上手く術を教えられるか、ですが……」

「大丈夫。グレイス殿はやってくれる。兄上も珍しくそんなことを言っていたし」

オスヴァルト殿下はライハルト殿下もまた、グレイスさんがボルメルン王国で魔力集束術を伝授してくると信じていることを教えてくれました。

グレイスさんはそろそろ故郷に着いた頃だと思いますが。

もはや、私に出来ることは神に皆さんの無事を祈ることだけでした。

◇（グレイス視点へ）

「あら、お帰りなさいませ。グレイス様。予定よりもお早いお帰りですね」

「アンナ、少しだけ予定が変わりましたの。お父様はどちらに？」

「旦那様ですか？　書斎に居《お》られると思いますが」

フィリア様の屋敷から馬車を飛ばして、ようやくボルメルン王国の自宅へと戻ることが出来ました。

メイドのアンナによると、父は書斎にいるとのこと。早く用件を伝えて、姉たちに術を伝授しなくては――。


「おおっ！　グレイス、戻ってきたか。パパが恋しくて予定を早めたのかね？」

「いえ、そうではありませんの」

「そ、そうか」

父は満面の笑みを浮かべてわたくしが予定を早めて戻った理由を寂しさからなのかと尋ねましたので、わたくしは否定しました。

彼は露骨にがっかりした表情をされます。父のこのようなところは困ったものです。

「まぁ、座りなさい。歴代最高の聖女、フィリア・アデナウアーはどんな方だったのか聞かせておくれ。彼女の破邪結界は非常に素晴らしい結果を残しておる。フィリア殿がどんな人物なのか興味がある」

父は焦るわたくしを座らせてフィリア様の話を聞きたがりました。

そうですわね。順を追って説明した方がよろしいのかもしれません。彼女が如何《いか》に素晴らしい聖女なのか、まずは知ってもらいましょう。

わたくしはフィリア様が思っていたとおりの人物であり、今は大陸全土を救おうと古代術式の研究を進めて、破邪魔法陣を広げようと考えているということを話しました。

そして、それを可能にするためにはわたくしたち姉妹の力が必要だということも。

「という訳でして、わたくしとお姉様たちの魔力を一つに集めて、その力を利用して一気に破邪魔法陣の範囲を広げるという作戦をフィリア様は考えられました」

「なるほど」

一通り話を終えたわたくしは父の表情を眺めます。

彼は顎髭《あごひげ》を触りながら数秒考えて口を開きました。

「マーティラス家の総力戦というわけか。歴代最高の聖女は我らを試そうとしているのだな。ふっふっふっ、面白い！　その挑戦受けて立とうではないか！」

「お、お父様？」

急に立ち上がり大声を出される父にびっくりしてしまうわたくし。

フィリア様は挑戦とかそんなことは一切考えてないと思いますが。とりあえず乗り気になって頂けて良かったと思うべきなのでしょう。

「それでは、お姉様たちにお教えしなくてはなりませんので、至急陛下にご承諾を……」

「任せておけ。陛下はワシの盟友だ。それにボルメルン王国にとって破邪魔法陣は多額の金と資源をなげうってでも欲しい代物。グレイス、此度《こたび》の活躍でマーティラスの名は世界に轟《とどろ》くだろう。大儀であった」

豪快そうに見えて実は計算高い父のこと。恐らく近隣の国々に貸しを作れると皮算用しているのでしょう。

もちろん、フィリア様もそれを見越してボルメルンやジルトニアだけでなく大陸全土を救う計画を立てたのでしょうが。

この国はわたくしを除いても三人も聖女がおり、魔界などの研究も独自で行っていましたので、他の国よりも被害は少ない。

それにもかかわらず、その被害の大きさは無視出来ないくらいのものでしたので、ジルトニアに限らず近隣諸国の被害は甚大と見ていいでしょう。

ですので、前回の魔界の接近時に国家レベルの崩壊が頻発したという記録は正しかったと思われます。

フィリア様の計画が成功するか否かは近隣諸国の命運まで左右するほどの大事なのです。

「至急、娘たちをこちらに集める。グレイスは着替えて準備をしなさい」

「はい！　承知致しましたわ」

父は立ち上がり、わたくしに準備をするように指示しました。

あとは姉たちが素直に言うことを聞くかどうかですが、アマンダお姉様とジェーンお姉様はともかくとして、一番上のエミリーお姉様は面倒なことを主張するに決まっています。

少しだけ不安を覚えながらもわたくしは着替えて、姉たちの到着を待ちました。


「お父様はどうかしていますわ！　あのフィリア・アデナウアーのおこぼれに預ろうなんて、プライドはないのでしょうか！」

案の定、長女のエミリーお姉様は文句を口にしました。

彼女はフィリア様を強烈にライバル視しており、そのために厳しい修行や特訓を重ねていました。

エミリーお姉様は姉妹の中では最も力が強く優秀なのですが、プライドの高さからフィリア様の魔法陣を広げるという作戦に乗り気にならないというのは予測どおりです。

「そもそも、わたくしたちの力だけでボルメルンは魔物たちから守ることが出来ております。マーティラス家の長女として意見を言うならば――」

「はーい、そこまで。エミリーお姉様、魔物の被害はこれから増えそうなことは私よりも賢いあなたなら分かりますでしょ？」

「そ、それは――」

エミリーお姉様がヒートアップしたのを次女のアマンダお姉様が止めに入ります。

そうです。フィリア様の予測でもボルメルン王国の見解でも魔物の勢いは更に強くなることで一致していました。

今は大丈夫では、済ませられないのです。


「うふふ、エミリーお姉様はフィリアさんに嫉妬されていますのね。そういう感情って聖女としてどうなのかしら？」

「ジェーン！　お黙りなさい！　嫉妬なんてみっともないことするものですか。分かりました。やれば良いのでしょう。やれば」

結局、エミリーお姉様は折れてくれました。さすがに父の意向に逆らおうとするほど自分勝手ではないみたいですわね。

こうして、わたくしは姉たちに魔力集束術を教えるべく、まずは古代術式の基礎からフィリア様の直筆の指南書を片手に教えることになりました。

さすがはエミリーお姉様ですわ。誰よりも飲み込みが早いです。この指南書がよく出来ているのもありますが――。

「グレイス、そのフィリアが書いたという紙きれを寄越しなさい」

突然、エミリーお姉様はフィリア様の指南書に興味を示しました。自分で読みたくなったのでしょうか。

わたくしからそれを受け取った彼女はそれに目を通します。

「何よ！　何よ！　こんなのっ！」

目を通し終えたエミリーお姉様はわたくしに指南書を押しつけるように渡して、全身に白い光を纏わせました。

これは古代術式の初歩、〝光のローブ〟という防御術式です。

エミリーお姉様は一通り目を通しただけで、それをマスターしたのでした。

「わ、わたくしの才能が秀でているだけですわ。こんな指南書、全然凄くなんかありませんの……。フィリア・アデナウアー、必ずや超えてみせます！」

「それって、現時点での負けを認めているんじゃ……」

「ジェーン！　黙りなさいと言ったはずです！」

メラメラと闘志を燃やすエミリーお姉様は誰よりも早く古代術式を修得していき、既に魔力集束術をもマスターしかけています。

アマンダお姉様とジェーンお姉様も順調に修得までの道のりを歩み、フィリア様の予測どおりのスピードで術を覚えられそうです。

これなら、きっと間に合いますわ。フィリア様、待っていてくださいまし。必ずやグレイスはパルナコルタに戻ります。

大丈夫です。フィリア様の考えた計画は必ず成功します。わたくしはそれを確信しました。

第四章　終わりと始まり

chapter Four

◇（ミア視点へ）

「な、な、なぜお前がここにいる!?　フェルナンド！」

国防に関する政策の会議の場に突如として現れたフェルナンド殿下の姿をみたユリウス殿下は顔を青くして驚いていた。

会議とは名ばかりのユリウス殿下の独演会。参加者は聖女で彼の婚約者である私とユリウス殿下の取り巻きで、彼に媚《こび》を売って今のポストに就いた文官たち。彼らはユリウス殿下のイエスマンに過ぎない役立たずだ。

そんな害悪でしかない会議の場に第一王子が参加した結果、文官たちも露骨に困惑の表情をしている。

「口を慎め、ユリウス。兄に対しての礼儀も知らんのか」

「ちっ、兄上の元気そうな顔が見られて僕は嬉《うれ》しいですよ。しかし、寝ていなくても大丈夫なのですか？　慣れないことをされるとお体に障りますよ」

「気遣いご苦労。だが、おかげさまで体調はすこぶる良い。父上も病床の今、王位継承者として僕も頑張らなくてはなるまい」

「「――っ!?」」

フェルナンド殿下……はっちゃけ過ぎじゃない？　そんな挑発的なことを言うから、ユリウス殿下だけじゃなくて取り巻きの人たちもポカーンとした顔をしているじゃない。

それに王位継承なんてこと持ち出したら、ユリウス殿下は――。


「わざとだよ。ミア。こうすれば、弟は必ず動く」

私とすれ違い様にボソッと耳打ちをするフェルナンド殿下。

まさか、彼の狙いは――。

この人、本当に覚悟を決めているのね。

開き直った人間は強い。私も彼を見習わなくっちゃ。

「それにしても、ユリウス。ミアから聞いたが、パルナコルタ騎士団の援助を断ったそうじゃないか。あそこの国王は父上と旧知の仲だろう。有事の際には同盟関係にもある。信じてやっても良いのではないか？」

「随分と饒舌《じょうぜつ》じゃないですか。兄上……。良いですか、僕はパルナコルタに騎士団ではなく、聖女フィリアの返還を求めたのです。金も払うと言って。しかし、奴《やつ》らはそれを拒否した」

さっそく、パルナコルタ王国の援助を断ったことについてフェルナンドは言及した。

ユリウスはあちらの申し出に憤慨して断ったけど、それも悪手だと私は思う。

魔物を抑えることはとっくに無理が生じて、そこら中で大変な状況になっている。もはや、国の兵士たちだけじゃ厳しくなっているから。

「当たり前だ。フィリアを手に入れて手放す馬鹿は居ない」

「ぐっ……!? 騎士団を送るという奴らの魂胆は透けて見えます。混乱に乗じてこの国を乗っ取るつもりに決まっている」

「ほーう。もうじき、魔物だらけになる予定の領土が欲しいものかね? パルナコルタは物好きだな」

へぇ、フェルナンド殿下ってユリウス殿下をもっと怖がると思っていたけど結構やるじゃない。

ユリウス殿下は、顔をドンドン赤くして自分の兄を睨《にら》んでいるもの。彼を挑発してボロを出させるつもりね。

「いちいち屁理屈《へりくつ》が過ぎますよ。――それよりフィリアです。奴が戻ろうとしないのはパルナコルタの手先となった証拠です。故郷の危機になんて薄情な女なんだ。そうだ！ 奴は反逆者だ！ 反逆者として連行してこよう！」

この人の理屈にはついて行けないわ。あなたがフィリア姉さんを売ったくせに戻らなかったら反逆者って。そんな理屈通るはずがないでしょう。

「やれやれ。そんな要求パルナコルタが飲むはずないだろう。ちょっとは建設的な意見をだな……」

「兄上は黙っててください！　よし、手始めにアデナウアー侯爵の全財産と爵位を没収しよう。犯罪者の親には罰を受けてもらわねば！　ははははっ！　アデナウアー夫妻をここに呼べ！　兄上、会議は終わったので部屋にでも戻って療養してください！」

フェルナンド殿下の声はユリウス殿下の声にかき消され、知らない内に私の親の財産が没収されることになった。

この前、大金を集《たか》ったのに全財産を没収なんて父が聞いたら酷《ひど》い顔をするでしょうね。

はぁ、この人はどこまで暴走するつもりなのかしら。

ユリウス殿下の指示を聞いたわけではないけど、フェルナンド殿下はさすがに無理をしていたのか、薬の効果が切れて体調が悪くなり、私室に戻って行った。すぐに健康な体になるはずないもんね。

でも、フェルナンド殿下の覚悟はよく伝わったわ。

そして、彼と入れ替わりに私の両親がやってくる。父は短い間にかなり痩せていた。

「ゆ、ユリウス殿下。至急の用事だと伺いましたが」

「アデナウアー侯爵。お前のところの娘がやらかしたことの責任は取ってもらうぞ」

「み、ミアが殿下の不興を買うようなことを!?」

ユリウス殿下の言い回しから、私が何かしたのかと想像する父。

そりゃあそうよね。この場に居ないフィリア姉さんのことを言われるなんて思わないもん。

「いや、フィリアのことだ。彼女が国家に対して反逆行為を行った」

「フィリア？　し、しかし、彼女はもうパルナコルタへ……」

「故国の危機に戻って来ぬとは反逆の意志があると思われて当然だろう！　罰として全財産と更には爵位を没収させてもらうぞ！」

「そ、そんな!?　その理屈はあまりにも」

あまりにも理不尽な反逆の理屈を聞いて、父は膝から崩れ落ち、母は無言で俯《うつむ》く。

ユリウス殿下の八つ当たりに近い理屈には正当性はないが、ウチの父は従わざるを得ないみたいだ。反論はしない。

どこまで卑屈なのよ。ちょっとは言い返しなさいよ。


「まぁ、そんなに落ち込むな。バカな娘を持った両親に同情しないこともないのだ。財産の没収が嫌だろ？　それを避けたいのなら、一つ僕の願いを聞いてくれんか？」

呆然《ぼうぜん》としている父をニヤニヤと眺めながらユリウスはゆっくりと近付き、悪魔のように囁《ささや》いた。

婚約者の両親に何をさせようとしているのよ。

「な、何でしょうか」

「なんでも、何でもします！」

両親は藁《わら》にも縋《すが》りたいような顔つきになり、媚《こ》びるようにユリウス殿下に頭を下げる。

嫌なものを見たわ。こんなことをするなんて、みんなどうかしている。

「ミア、君はそろそろ聖女としての務めに出かけなきゃならないのだろ？　行ってきなさい。この国のために頑張ってくれ」

「……は、はい」

ユリウス殿下はどうやら両親への頼み事を私に聞かれたくないらしい。

気になるけど、それは後で調べれば分かる。今は従う他ないみたいね。

私はユリウス殿下に縋る両親を一瞥《いちべつ》して、聖女のお務めに向かった。

◆

「……ふぅ。やーっと、終わったわ。魔物の数もちょっと面倒ってレベルを完全に超えて来たわね」

今日も結界が完全に壊れてしまって危ない場所を回った。そろそろフィリア姉さんの結界まで破られるようになってきて、国家の治安が崩壊寸前なんだと改めて自覚した。

ヒルダ伯母様が復帰してくれて良かった。彼女の結界をこの前見てきたけど、フィリア姉さんと遜色ないくらい堅固だった。

フィリア姉さんもそれを知っていたからヒルダ伯母様の復帰を頼むように手紙に書いていたのね。

でも、そこまでやっても魔物たちを抑えられるのが数日伸びる程度だけど。この時間は大切にしなきゃ。

「ミア様、ユリウス殿下が動き出しました。フェルナンド殿下を焚《た》き付けてくれた成果がこんなに早く出るとは思いませんでしたな」

ピエールさんは私が結界を張っている間に魔物を何十体と屠《ほふ》っていた。

正直に言ってこの前までは護衛の人たちをなぜか守ったりしていたので、時間が取られてウンザリしていたけど、彼が来てからそういう手間が省けてかなり助かっている。

ユリウス殿下がもう動き出したか。何か私の両親にさせようとしていたけど、それと何か関係があるのだろうか。

「アデナウアー侯爵夫妻に大規模なパーティーを企画させたそうです。こんなときだからこそ、貴族は結束すべきだと多くの参加者を募っています」

「ぱ、パーティーですって？」

どういう発想なのか全然分からない。こんなときにお気楽なパーティーを開いて何をしようっていうのよ。

しかもウチの両親を脅してまで開催させるなんて。

いや、このタイミングで動き出したということはきっと意味がある。ユリウス殿下のことだから、何かとんでもないことをしでかそうとしているに決まっているわ。

「ミア様はご存知でしたか？　アデナウアー侯爵が第二王子派の筆頭だということを」

そんなことを考えているとピエールさんから父が第二王子派の中心であることを聞かされた。

大体の貴族はユリウス殿下側についていると思うけど、中立のような立場も多いからちょっと前まで下流貴族だった父がそんな立場だなんて知らなかったわ。

「フィリア様の件やミア様との婚約が大きかったと思われますが、そんな経緯もありアデナウアー家は侯爵という立場を手に入れることが出来たのです」

ピエールさんがなぜにこんな話をしているのか私は容易に想像がついた。

父が第二王子ユリウスの言いなりにずっとなっていたのなら、今回のパーティーの目的はもしかして。

「ピエールさん、もしかしてパーティーの招待客の中にはフェルナンド殿下も？」

「さすがに鋭いですな。恐らく想像どおりです。ユリウス殿下とアデナウアー侯爵夫妻の狙いは暗殺です。フェルナンド殿下の」

——やっぱり。

やはりそうだったか。フェルナンド殿下の復活した姿を見てユリウス殿下は余程慌てたのね。

まさか、こんなに直《す》ぐに暗殺計画を立てるとは。

父と母もこんなときにその卑劣な計略に力を貸すなんて……。

「ショックですか？　ミア様」

「ええ、まぁ。血の繋《つな》がった親ですからね。ピエールさんはどうして私にそれを？　娘の私から何かが漏れるとは考えなかったのですか？」

第一王子派のリーダー格であるピエールさんはユリウス殿下の元にもスパイを送っている。

だから、こんなに耳が早いのだが……それをそのまま私に伝えるのは若干軽率だと思わずにはいられない。

「フェルナンド殿下を立ち上がらせたあなただ。暗殺計画に手を貸すなんてあり得ない。我々を裏切るなんてとても思えません」

「……信頼してくださっているのですね？」

「もちろんです。頼りにもしています」

爽やかな笑顔を向けながら、ピエールさんははっきりと私を信じると言い切った。

そりゃ、フェルナンド殿下をみすみす暗殺させようと思わないけどさ。

「さらに、パーティーの開催を目くらましにして、同時に国王陛下の暗殺も目論《もくろ》んでいるみたいです」

あの男、この期に及んで自分の地位のために大きく動き出すなんて。

本当に分からない。魔物だらけになった国で王様になって何をするつもりなのかしら。

「既に人が住めなくなった町や村が出始めて、避難している方々もいますからな。それでも全ての権力を手に入れるのはユリウス殿下の悲願。この混乱を逆に好機と捉えて興奮しているのでしょう」

そういうこと……。ずっとこだわってきたから、今さら生き方の修正は出来ないのね。

フェルナンド殿下も復活早々厄介なことになったわ。いや、待って。出られないならいっそのこと――。

「パーティーの欠席をすれば、少なくとも命は助かるのではないですか？　そこまで分かっているのにノコノコ出ていかなくても」

そう。罠《わな》と見え透いているなら、欠席するのは有効な手だ。

ユリウス殿下の思惑に乗る必要はない。

「その進言をした者もおりました。しかし、フェルナンド殿下は人間として死にたいと呟《つぶや》き……立ち上がったのです。〝せっかく弟が自分を暗殺しようとしてくれているんだから、彼を突き落とすチャンスだ〟と」

覚悟を決めているのね。フェルナンド殿下は自分の身を囮《おとり》に使ってでも、暗殺計画を明るみにしてユリウス殿下を失脚させると。

だから、あんなにも彼を挑発した。ユリウス殿下が彼を殺したくなるように。

「陛下にも暗殺計画を伝えたのですが。彼はまだユリウス殿下を信じたい気持ちもあるみたいでして。用心はすると仰《おつしや》ってましたが」

ふむ。親だから信じてあげたいという気持ちは分かるけど。

ちょっぴり甘い気がするわ。フィリア姉さんの薬を飲んで回復しているとは聞いているけど。

とにかく、タイムリミットまであと僅か。

ユリウス殿下はもちろん、父と母も投獄するくらいの覚悟で戦わなきゃ。

パーティー会場が最後のチャンスになりそうね。

◆

「さぁ、今日はアデナウアー家主催のパーティーだ。このパーティーを乗り切れば我が家は安泰。しっかりともてなさなくてはな」

「なんせ、フェルナンド殿下とユリウス殿下もいらっしゃるのです。ミア、くれぐれもユリウス殿下の機嫌を損ねてはなりませんよ」

父と母は慌ただしく使用人たちに指示を出してパーティーの準備を始めていた。

その表情は必死だったが、ユリウス殿下に地位の保証でもされたのか妙に高揚しており、上機嫌そうに見える。フェルナンド殿下の暗殺を企てているのに。

私はいよいよこの日が来たと緊張していたが、父が突然声を荒らげたので何事かとそちらを向いた。

「お前には招待状を出しておらんぞ！　ヒルデガルト！」

どうやら、招待していないのに伯母のヒルデガルトがここに来たらしい。

ヒルダ伯母様には数度しか会ったことがない。フィリア姉さんは師事していたけど、私は彼女に教えてもらうことを禁じられていたからだ。

久しぶりに彼女の顔を見て私は改めて思った。あの人はフィリア姉さんにそっくりだ。

もちろん年齢は重ねているが、多分姉さんが歳《とし》を取ると彼女のようになるのだろうと容易に想像がつく。

「男がみっともなく大声を出すものではありません。今日は聖女として、姪《めい》のミアに大事なことを話す必要があっただけです。用件が済んだらすぐに帰ります。ミアには迷惑をかけたくないでしょう？」

「用事が済んだら姿を消せ。いい歳して何が聖女だ！」

父は不機嫌そうに怒鳴り、ヒルダ伯母様を通した。

彼女は私に用事があるって言っていたけど。どんな用件なのかしら。

「この中は騒がしいわ。少しだけ外に出ましょうか？」

「あ、はい。分かりました。ヒルダ伯母様」

私とヒルダ伯母様は会場の外の人目につかないところに移動した。

こんなところで内緒話でもするというの？　でもフィリア姉さんが尊敬している人だし、きっと重要な話よね。

「伯母様が聖女として再び動いてくださったこと、感謝いたしますわ。おかげで何とか今日まで魔物の侵攻を防ぐことが出来ております」

「世辞は良いですよ。私の復帰など焼け石に水。もう間もなく、国中が魔物たちによって多大な被害を受けるでしょう。まったく嘆かわしい。弟子のフィリアはたった一人でこの状況を解決したというのに」

ヒルダ伯母様も感じている。ジルトニアの状況がもう既に手遅れに近いということを。

無力な自分を嘆きたいのは私も同じ。決意を固めて、フィリア姉さんに心配かけてまで動いても、出来ることなんて少なかったもの。

「それで、伯母様。お話というのは――」

それを考えても仕方ないので、私はヒルダ伯母様に用事とやらを聞くことにする。

聖女としてとか言っていたけど。何かしら？


「パーティーの目的はフェルナンド殿下の暗殺」

「――っ!?」

「ユリウス殿下に唆されたとはいえ、我が愚弟の企てには変わりない。彼は今日、全てを失うでしょう」

ヒルダ伯母様はユリウス殿下の陰謀を知っている？　ということは、まさか彼女は……。

「そう。私は第一王子派です。ユリウス殿下は私の大切な弟子を売るような真似《まね》をしましたから。ピエールからあなたがこちら側に付いたと聞いて接触の機会を待っていました」

やはりヒルダ伯母様もフェルナンド殿下の方に付くのね。

当たり前だ。フィリア姉さんのことを抜きで考えてもユリウス殿下を支持しようなんて聖女なら思えるはずがない。

「――ですから、ミア。何かあったら、私の養子になりなさい」

「よ、養子ですか？　伯母様の!?」

「そうです。アデナウアー侯爵夫妻は計画に失敗しようが成功しようが投獄されます。両親が居なくなると、不便なことも多いでしょう。私は夫を亡くしていますが、あなた一人くらいなら何とか出来ます」

ヒルダ伯母様の言うとおりだ。私はユリウス殿下の性格をよく知っている。あの人は暗殺に成功しても両親をその主犯として断罪するだろう。

でも、だからといって私が彼女の養子になるというのは――。

「構わないでしょう。あなたの両親も人の娘を奪っているのだから」

「――娘を奪う？　そ、それって」

ヒルダ伯母様の言っていることの意味を私は瞬時に想像してしまった。

彼女は冗談を言うタイプではない。そんな彼女が両親に娘を奪われたと口にした。

両親が奪った娘って、まさか。

彼女の顔は姉さんにそっくりだ。それはもう、びっくりするくらい。

両親がフィリア姉さんを平気で売ろうとしたのは自分たちの子供じゃなかったから？

じゃあ、私とフィリア姉さんは実の姉妹では――。


「少しだけ昔話をしましょうか……。私の弟――あなたの父親であるアデナウアー侯爵は自分の母親が聖女になる予定の私ばかりを構うことに嫉妬して、私を疎んじて憎むようになりました。そんな彼は私のありもしない悪評を吹聴《ふいちょう》するようになり、母が病気で亡くなった頃、私は聖女でありながら実家を追い出され、アデナウアー家での発言力を失いました」

確かにヒルダ伯母様はほとんど家のことに干渉しない。フィリア姉さんの師匠のようなことをしていたくらいで、私たちが聖女になったら直ぐに引退しているし。

父と伯母様にこんな確執があったなんて知らなかった。

「その後、アデナウアー家の家督を継ぐ予定の弟は結婚しましたが、夫婦の間には長く子供が出来なかった。聖女の家系である我が家は必ず女児を得なくてはなりません。得られない場合は血縁の者から養子を取るなどとされていましたが、あまりに遠い者だと力は弱まります。そこで目を付けられたのが、ちょうど結婚をしたばかりの私が身籠ったフィリアでした」

じゃあ、フィリア姉さんはヒルダ伯母様から養子に出されたってこと？　でも、それで奪われたなんて言い方をするのかしら。

「弟は大嫌いな私に頭を下げに来ました。上から目線の態度は決して崩さずに。『お前の子が女なら使ってやる』と言い捨てた弟の顔を私は生涯忘れません。もちろん、私は弟の申し出を断りました」

断った？　じゃあなんでフィリア姉さんはこっちにきたの？　何があったというの……。

「しかし、私の父――つまりあなたの祖父はそれを許しませんでした。彼は女児が生まれたと聞くと強引な手を使い、私たち夫婦からフィリアを無理やり奪い、私たちの子は死産したという噂《うわさ》を流したのです。そして、あなたの母親からフィリアが生まれたという既成事実を作り出しました」

そ、そんなことって。それが事実なら父は自分の姉から子供を強制的に奪い取って、母もそれを甘受していたってことだよね。

「それでも、自分の子供だって主張すれば――」

「しましたよ。何度もあの子は私の子供だと。しかし、周りの人は私が子供を失っておかしくなってしまったとしか思ってくれませんでした。そうしている内に流行《はや》り病にかかっていた夫の病状が悪化して、私は夫も失いました」

これが本当の話なら私が生まれてからフィリア姉さんは――。

両親の考えが手に取るように分かってきて、私は自分の存在を呪いたくなっていた。

「あの子のことは自分の娘ではないと思うことに決めた私ですが、間もなくあなたが生まれました。フィリアはそれからずっとあの夫婦に冷遇されていたのでしょう。私に出来たのは、将来あの子に何が起こっても、跳ね返せるくらいの強さを持ってもらうように鍛えることだけでした。あの子を救えなかった私には母親だと名乗る資格はないし、伝えたいとも思いません」

「じゃあ、私にそれを話したのは……」

「私なりの復讐《ふくしゅう》です。もちろん、信じてもらわなくても結構ですが」

この話が嘘《うそ》かどうかくらい分かる。フィリア姉さんはヒルダ伯母様の娘だったんだろう。

そして、私の両親は奪ってまで手に入れた娘を愛することなく最終的には売った。

フィリア姉さんがあんなに強かったのは、全てを跳ね返すくらい強くなきゃ耐えられなかったからだ。

私はそんなことも知らずに呑気《のんき》に姉さんが凄《すご》いと思っていただけ。

消してしまいたい。何も気付かなかった馬鹿な私を。

だけど、そんなことをしても何にもならないし。フィリア姉さんは私にとって――。

「たった一人の姉なんです！　フィリア姉さんが本当の姉妹とか、そうじゃないとか、そんなのは関係ない！　私にとって姉さんは尊敬出来て目標にしている世界で一番の聖女で、世界でたった一人の大好きな姉さんなのだから！」

フィリア姉さんの出自がどうあれ、私はずっとあの人のことを追いかけていた。

聖女として完璧すぎる立ち振る舞いに憧れて、いつかはあんな風になりたいと思っていた。

だから、私にとって彼女は尊敬出来る姉なのだ。これからもずっと。

「ふぅ……。私は生涯、弟を許しません。でも、たった一つだけ良いことがあったと言えるとすれば、あの子があなたのような妹を持てたことかもしれないです。フィリアは間違いなくあなたの姉です。それでは、ご武運を。ミア・アデナウアー」

ヒルダ伯母様はそう言い残すと私に背を向けて去っていった。

フィリア姉さんのことはショックだったけど、それを悔やんだりしている暇はない。

今の私にはやるべきことがあるのだから。

そう、パーティーがもうすぐ始まるのだ。ユリウス殿下と私の両親と決着をつけなくては。

◆

いよいよ、パーティーが始まった。

父が声をかけたゲストたちはほとんどが出席。中には第一王子派でも第二王子派でもない中立の貴族たちもいる。

ユリウス殿下は大胆にも、この公衆の面前でフェルナンド殿下を殺そうと企《たくら》んでいた。

恐らく、半分は見せしめを意味しているのだろう。自分に逆らう者はこうなると。

彼の権力に対する並々ならぬ執念を感じた。

「やぁ、ミア。今日もきれいだな。君はもちろん僕の隣だろ?」

ニヤニヤと醜悪な笑みを浮かべながらユリウス殿下はパーティー会場に現れて私に話しかける。

そりゃそうよ。私は特等席に陣取らせてもらうわ。あなたに引導を渡すためにね。

「ユリウス、随分と上機嫌そうだな。そんなにパーティーとやらが楽しいのかい?」

「これは、兄上。元気そうな顔が見られて僕は嬉しいです。パーティーは良いものですよ。特に今日みたいな力を一つにしようという大義ある集会というのは」

フェルナンド殿下の登場にユリウス殿下はさらに機嫌を良くした。

彼の顔を見るのが最後となることが余程嬉しいのだろう。まったく少しは顔に出すのを自重しなさいよ。

「ミア、何ていうかその。その髪飾り、よく似合っているよ」

「フェルナンド殿下……。ありがとうございます。これは姉にもらったものでして」

「そ、そうなんだ。君の姉君はセンスが良いんだね。で、でも、君だから似合っていると僕は思う」

「フェルナンド殿下?」

どうも緊張しているらしいフェルナンド殿下は言葉がたどたどしい。

まぁ、最近まで表舞台に出ていなくて初めてまともに出席するパーティーが自分の暗殺目的なんだから無理もないけど。こうして出てきてくれただけありがたいと思わなくちゃね。

「本日はお忙しい中、アデナウアー家主催のパーティーにお集まり頂き、感謝しております。このパーティーの目的は――」

父、アデナウアー侯爵がスピーチを開始する。

ユリウス殿下の計画はフェルナンド殿下に出される料理に毒を仕込んで、それを食べさせるというものだ。

その証拠に父はスピーチの間もチラチラと給仕の方を気にしている。そこからじゃ見えないのに。

さらにユリウス殿下は病床の国王の元にも刺客を送っている。このパーティーの警護に多くの人員を回して城を手薄にさせているのだ。

こういう手回しだけは良いのだと感心させられる。

「そういえば、ミア。結婚披露宴の日取りをそろそろ決めようと思うのだが」

「まぁ、素敵なお話ですわね。しかしながら、此度《こたび》の有事はどこまで続くか分かりません。せめて、その不安が取り除かれてからにしませんと」

心底どうでもいい話をするユリウス殿下に適当に話を合わせながら、彼の隣に腰掛ける私。

そしてユリウス殿下のもう片方の隣にはフェルナンド殿下も腰掛ける。

「皆さんに英気を養ってもらおうと、最高級の食材をご用意しました」

父が用意した料理に使われている食材の中に〝テリッシュウム〟という名前のキノコがある。

このキノコは希少で味も香りも良いというジルトニアでは最高級の食材として扱われているが、見た目がよく似た致死性の毒を持つ〝テリッシュウムモドキ〟という名の〝毒キノコ〟も存在するので、扱いは要注意だ。

〝テリッシュウムモドキ〟は少しでも食べると体温が上昇して呼吸困難に陥り死に至るという恐ろしい猛毒を含んでおり、間違って食して死亡する事故も多い。

そう、フェルナンド殿下にだけその〝毒キノコ〟を食べさせるというのが、ユリウス殿下の計画なのだ。これなら仮に気付かれても偶然の事故だと言い張れる。

だから、指摘するだけじゃ彼を失脚には追い込めないのだ。

ちなみにこの〝テリッシュウム〟を用いた暗殺計画はヒマリさんが突き止めてくれた。もちろんフェルナンド殿下も知っている。

彼は何食わぬ顔をして目の前の皿を見ているが。

「――おおっ！　アデナウアー侯爵は良い仕事をする。これは紛《まが》うことなく最高級の〝テリッシュウム〟だ。この圧倒的な美味は是非とも兄上にもご賞味頂きたい！」

〝テリッシュウム〟を口の中に入れては絶賛を繰り返すユリウス殿下。

そして、露骨にフェルナンド殿下に〝テリッシュウム〟を食べるように促す。それはもう、怪しいくらい。

「いやー、これは最高の味だな。僕もいろんな美食というものを体験したが、これほどなのは滅多になかった。さぁ、兄上も一口召し上がってください」

汗をかきながら、かれこれ数分ユリウス殿下はフェルナンド殿下に〝毒キノコ〟を食べさせようとしていた。

フェルナンド殿下はずっと無言である。

「兄上、弟の言葉を聞いておられるか!?」

遂《つい》に無視され続けたユリウス殿下が怒り出した。黙っているフェルナンド殿下に苛《いら》つきを露《あら》わにしたのだ。

ていうか、あんなに食べろと言われたら逆に食べたくなくなるでしょ。あなたの性格を知っていれば。

「……そんなに美味《うま》かったのなら、ユリウス。僕の分も食べるといい。僕は食欲がないんだ」

「――っ!?」

自らの皿を渡そうとしたフェルナンド殿下にユリウス殿下の顔色が変わる。

そりゃ、そうよね。〝毒キノコ〟なんて食べたくないもの。

「いや、これはアデナウアー侯爵が兄上に食べてもらいたいと出したもの。その好意を僕が摘み取る訳にはいかない」

ユリウス殿下は当然拒否する。内心ビクビクしているのが手に取るように分かるわね。

やはり、フェルナンド殿下の〝テリッシュウム〟は〝毒キノコ〟に替えられていたってわけか。

「〝毒キノコ〟か?」

「はぁ?」

「〝毒キノコ〟なのかと聞いておる。〝テリッシュウム〟にはよく似た形状の〝毒キノコ〟があると聞く。ユリウス、これの毒味が出来るか? お前が僕に毒を仕込もうと考えていることは知っている」

刺すような視線をユリウス殿下に送るフェルナンド殿下。

この前会ったときは弱々しい印象だったのに、今は静かながら迫力がある。彼はやれば出来るタイプの人間だったらしい。

「兄上! 怒りますすよ! たった一人の兄に! 僕が毒など出そうと思うはずがありません! 仮にそれが〝毒キノコ〟だとしても、僕を疑うのはお門違いだ!」

逆ギレしてしらばっくれたわね。やはりフェルナンド殿下が〝毒キノコ〟に気付くことも想定していたみたい。

これなら、〝毒キノコ〟だと主張しても自分は無罪だと言い逃れが出来る。まったく、変なところは頭が回るんだから。

でも、これで終わりじゃないわよ。

「ああ、ユリウス。悪かった。僕が悪かったよ。この皿には〝毒キノコ〟など入っておらん」

「ようやく分かってくれましたか。兄上」

フェルナンド殿下の謝罪にユリウス殿下は安堵《あんど》の表情を浮かべるが、次の発言を聞いて顔面蒼白《そうはく》となる。

「すり替えたからね」

「えっ？」

「すり替えておいたんだよ。僕の皿を。ユリウス、君の皿とね」

二人の皿が入れ替わっているという意味を考えて、ユリウス殿下はワナワナと震えだした。

当然だ。〝毒キノコ〟を食べてしまったことになるんだから。

「かはっ！　か、体が急に熱くなってきた。熱い、熱い、熱い……！　オェエエエ！」

ユリウス殿下は体が熱いと叫び出して、喉を押さえて嘔吐《おうと》しようとした。

それはもう、情けない表情で食べたものを吐こうと頑張っている。

ユリウス殿下、ここからが本番ですよ。あなたへの復讐は。

「オェェェェ！　がはっ！　がはっ！　い、医者を呼べい！　早う！　医者だ！　〝毒キノコ〟を食べてしまったァァァ!!」

さっきまであれほど、〝毒キノコ〟などあり得ないと豪語していたユリウスが見苦しく叫び出すものだからパーティーの参加者たちも騒然となる。

両親など真っ白になった顔をお互いに見合わせて一歩も動かない。

「僕を殺そうとした報いだ。なぜ、僕の暗殺など企んだのだ？」

「黙れ！　引きこもりの能無しのくせに！　僕が王になるべきなんだ！　それが国の繁栄のためなんだ！　その邪魔者を消そうとして、何が悪い！」

ユリウス殿下は恨みを込めて、フェルナンド殿下を殺そうとしたことを認める。

周りの貴族たちもユリウス殿下が暗殺計画を立てていたと知り、ざわついていた。

「いや、自業自得じゃないか？　フェルナンド殿下を殺そうとしたんだろ？」

「うん。ユリウス殿下がまさかそこまで何も考えてないとは思わなかった」

「むしろ、こんな計画立てたら死罪が適当じゃないか……」

中立派の貴族たちはこぞってユリウス殿下の非難をする。

ユリウスはそれを聞いて顔を真っ赤にした。

「自業自得だと！　貴様らまで僕を愚弄するか！　この男は害悪なんだ！　アデナウアー侯爵！　僕を助けろ！　フェルナンドを殺せぇぇぇぇ！」

ユリウス殿下を非難する声に彼は激怒する。父に無茶振りをするも、父は口をパクパクするだけで、動いてはくれない。

ていうか、そろそろ気付いてもいい頃なのに。ユリウス殿下が〝毒キノコ〟を食べた割にはやたら元気なことに。

普通は呼吸困難になって、喋《しゃべ》る余裕なんて生まれないわよ。まぁ、仕方ないか。そうだと、思い込んでいるんだし。

「殿下、ご安心ください。〝毒キノコ〟など殿下は召し上がっていません」

「ミア？　そ、そういえば体の熱さが消えたような」

ユリウス殿下は私に声をかけられて、自分の体温の上昇が収まったことに気が付いた。

状況が読み込めてないようね。じゃあ、教えて差し上げるわ。

「治癒術式の応用で、体内の温度を僅かに上昇させました。二度から三度くらい上げれば体の異変を感じるには十分ですからね」

「い、いつの間にそんなこと」

「お忘れですか？　私は歴代聖女の中で術式の発動スピードが最速と言われております。誰にも気付かれずに術を使うくらい造作もありませんわ」

種明かしをしたときのユリウス殿下の顔と言ったら傑作であった。

ただ、ひたすら呆然として怒りも悲しみもなく完全に「無」の表情をしていたのだから。

「ユリウス殿下。あなたは第一王子フェルナンド殿下の暗殺を首謀した大罪人です。ジルトニア国法に基づき、私はあなたに一方的に婚約破棄を言い渡すことが出来ます」

「こ、婚約破棄？　お、お前は、お前は愛する僕を裏切ろうと言うのか!?」

婚約破棄を告げた私に縋りつく様に、ユリウス殿下は気持ち悪いことを言ってきた。

……驚いたわね。この人は私に愛されていると思っていたの？

「おめでたいですわね、殿下。私が、敬愛する姉を売った男を愛するだなんて。おぞましいことを仰せになるのは止《や》めてくださいませんか？」

「ミア！　そ、そんな！　ミア！　僕は君を愛して！　君のためにこの国の王に」

ユリウス殿下はヘナヘナと地面に座り込んだ。ようやく自分の立場を理解したようね。

「ミア、お前はどういうつもりだ！　ワシを、殿下を、なぜ！」

「そうです！　何を考えてこんなことを!?　な、なんですか！　なんですか、その目は!?　あなたはそのような目をする子じゃなかったではありませんか！　一体なぜ!?」

両親はお人形だと思っていた私がユリウス殿下に引導を渡してやったことに驚いているみたいだ。

当たり前かもしれないわね。だって、あなたたちはこれから——。

「続きは後で話しましょう。お父様、お母様、監獄に入ってしまわれるのは残念でなりませんわ」

「――っ!?」

もちろん、両親も投獄される。死罪もやむを得ないだろう。

私はそれを知っていて、実の親を罠に嵌《は》めたのだ。世間からすると私は大層な悪女になるのかもしれない。

両親が意気消沈している中、ユリウス殿下は急に立ち上がり大声で笑い出した。

「ふはははっ！　ミア！　まんまと騙《だま》されたよ！　しかし監獄に行くのは君だ！　僕を罠に嵌めようとしたのだからな！」

「ユリウス殿下、見苦しい真似は止めてください。多くの貴族たちがあなたの愚行を目撃しております。罪は逃れられません」

「愚か者は君だ！　僕は王子なんだ！　この中で一番偉いんだ！　貴様らの証言など全て握り潰してやる！」

いや、フェルナンド殿下も王子だから。それは無理でしょう。

でも、この人にとって一番怖いのは――。

そう私が思ったとき、給仕服を着ていた男がユリウス殿下の前に立つ。

「これ以上、恥を晒《さら》す真似は止《よ》すのだ。ユリウスよ！」

「ジジイ！　口の利き方に気を付けろ！　僕を誰だと心得る！」

「貴様こそ、ワシを誰だと心得る！　よもや、この声を聞き忘れるとは！　情けない！」

男は帽子を取り、付《つ》け髭《ひげ》を外した。

すると、威勢が良くなっていたユリウス殿下の顔色が再び青くなる。

そう、この男は変装してパーティーに紛れていた。


「「こ、国王陛下！」」

会場内は再び騒然とする。病に伏しているジルトニア国王その人が公の場に現れたからだ。

「ミア、お主の姉の薬は実に素晴らしい。それだけに、彼女を失った損失は計り知れないがのう」

フィリア姉さんは陛下の病気を完治させる薬を完成させていた。

つまり、陛下の病状は既にほとんど回復しているのだ。もちろん、まだまだ無理は禁物だが。

そして彼の希望でこうしてパーティーの現場に来てもらった。自分の目でユリウス殿下を見極めたかったらしい。

「この大馬鹿者を放置したワシの責任も大きい。まったく、フェルナンドを手にかけようとするとは」

「ち、父上。違うんです！」

「陛下！　陛下の影武者に狼藉《ろうぜき》を働こうとした者たちを捕縛しました！」

ユリウス殿下の弁解と同時に陛下の側近が彼に報告をする。

どうやら、国王陛下直属の親衛隊が目を光らせてくれたおかげでユリウス殿下からの刺客も捕まったみたいだ。

それを聞いてユリウス殿下は言い訳すら出なくなったらしい。彼は黙って、膝をついてしまった。

「ユリウス、そしてアデナウアー侯爵とその夫人及び、今回の騒動の協力者たちを地下牢《ちかろう》に投獄せよ！」

「「――っ!?」」

毅然《きぜん》とした表情で有無を言わせぬ陛下の立ち振る舞い。

彼も本当は辛《つら》いのだろうが、責務を果たそうとしている。

こうして、ユリウス殿下は完全に失脚した。彼は断罪から逃れられないだろう。

しかし、これは準備に過ぎない。魔物たちの勢力はこうしている内にも強まっているのだから。

◆

「早く結界を作らなきゃ！　二重くらいじゃ簡単に破られるけど！」

私とヒルダ伯母様は、とにかく魔物の多いところから結界を張って回っているが、抑えが利かなくなった場所がどうしても出来てしまって、容赦なく国内に多数の魔物が侵入してしまっていた。

ジルトニア国内の兵士だけではもはや防衛は不可能。私もヒルダ伯母様も全力で対応しているが、二人で結界を張るにも限界がある。

それに魔物たちはそんな私たちにもその牙を遠慮なく突き立ててきた。

「火遁《かとん》の術ッ――――！」

ヒマリさんは私に襲い来る魔物を口から炎を吐き出して消し炭に変える。

に、忍者ってよく分からないけど、凄いのね。

「ミア様には指一本触れさせてなるものか！」

ピエールさんは自慢の剣技で魔物たちを圧倒して次から次へと魔物の死骸の山を築く。

二人ともしっかりと私を守ってくれている。私も確実に一箇所ずつ結界を張れている。

でも、それでも魔物が増える勢いはそれよりも大きくて、私たちはとめどなく出てくる魔物たちに嫌気が差していた――。

その上、デッドウルフ、エビルグリズリー、コングエンペラー、ポイズンスネークなど。この近隣に生息する魔物の上位種にあたる強力なのも現れるようになってきて、魔界の接近を肌で感じられるようになる。

改めて、フィリア姉さんの凄さが分かる。姉さんは魔物の強さに関係なく無力化させることに成功した。

私たちの従来の結界を張る方法の限界が見えた今、その方法を最速で導き出した彼女の能力の高さを再認識したのだ。

しかし、ないものねだりは出来ない。私たちには出来ないことなんだから。

魔物たちを出来るだけ止めて、何とかしなきゃ。


「パルナコルタ騎士団が来たぞ～～～！」

兵士の内の誰かが大きな声で援軍の到着を叫ぶ。思ったよりもずっと早い。

きっと、フィリア姉さんだ。私がユリウス殿下を失脚させることを信じてくれたんだ。

パルナコルタ騎士団のことは隣国に居る私でも知っている。

あそこの治安は聖女と騎士団の二枚看板で、百戦錬磨の騎士団は世界最強だと言われていた。

「すごい。あんなにいた魔物たちがドンドン倒されていく」

「彼らは一人ひとりが一騎当千の力を有しておりますゆえ。先代聖女が亡くなり、フィリア様が来るまでの間、魔物の数が多いパルナコルタ王国を守っておりました。あれくらいは当然の働きでございます」

ヒマリさんがパルナコルタ騎士団を誇らしそうに語る。

フィリア姉さんについている他の護衛たちも騎士団の人たちやヒマリさんと同じくらいの腕だと言っていた。大切に扱われているみたいで、安心する。

「よし、これなら乗り切れるかもしれないぞ」

「ああ、パルナコルタから援軍が来てくれたおかげだ」

ジルトニアの兵士たちに希望が湧いてきた。そのとき、私たちの視界に黒い巨大な塊が入ってきた。あそこは次に結界を張ろうと思っていたポイントだ。

地響きと共に蠢《うごめ》く黒い塊。あ、あれって、まさか。

「魔物の群れ、みたいですね……」

珍しくヒマリさんも戦慄した表情を浮かべていた。

今までとは数がまるで違う。十倍、いや二十倍？　こんなの聞いてない。あんな量の魔物を処理するなんて絶対に無理よ。

ついこの前まで普通に恋愛したり、結婚したり、そんな幸せな生活が出来ると思っていたのになぁ。

ごめん、姉さん。せっかく力を貸してくれたのに。

――私は今日、ここで死にます。

悔しいけど、もう命は諦めなきゃならない段階になっちゃった。


だから私は、最期まで、聖女らしく。

最期まで、敬愛する姉さんを目指して。

最期の最期まで戦うよ。この体が灰になるまで。


「む、無理だ。あんな大群。どうにもならねぇ」

「に、逃げるしかない」

「馬鹿野郎！　逃げる場所なんてねーよ」

ジルトニアの兵士たちは諦め始めている。

パルナコルタ騎士団も多くの魔物に面食らっている。

聖女とは、どんなときも希望を与えなくてはならない。そう、戦うんだ。覚悟を決めて！


「うあああああああッッッッ――――！」

私は結界を張ることを止めて破邪術式を発動させる。

ありったけの魔力を込めて、無数の銀色に光る【破邪のナイフ】を出現させて、それを魔物の群れに放つ。

ナイフが魔物たちを貫き、消滅させる。

結界に回す魔力も全部攻撃に注ぎ込んで、一人でも多くの人を守ってみせる。

もう一回。まだ、魔力は残ってる。絞り出すんだ。まだまだ、私は動けるから。

あいつらを一体でも多く葬る！


「あああああああッッッッ！　消えろ！　消えろ！　消えろォォォォォ！」

喉が千切れそうになるくらい叫び、力の限り魔物の大群に対して応戦する。

どんなにやっつけても魔物が溢《あふ》れ出るけど、私は無駄なことをしているとは思わない。

私みたいな非力な聖女でも、命を燃やせば……！


「ミア様……、すごい気迫だ！」

「あの方を死なせるわけにはいかん！」

「守るぞ！　ミア様を！　我らのジルトニア王国を！」

「「おおおおおおおおっ!!」」

ふふっ、ジルトニアの兵士たちは奮起してくれたみたいね。

良かったわ。最期まで聖女らしいことが出来て。

前後左右、四方八方からうじゃうじゃと湧いてくる魔物を蹴散らす私。

術式の起動スピードなら誰にも負けない自信はあるけど、魔物の増加スピードはそれを凌駕《りょうが》しつつあった。

それに私の魔力量は有限。とっくの昔に魔力は尽きており、生命力を燃やして魔力へと還元する自爆技に手を出している。

それでも、一向に魔物の勢いは衰えない。私は霞《かす》んできた目でかろうじて人間と魔物を判別していた。

——ああ、ダメね。そろそろ限界みたい。

もう、力が……入ら……なくなってきたから……。でも、……良かった……。最期まで……聖女らしく——。

私は地面にそのまま倒れ込む。だって、もう力が入らないんだもん……。

寒いわ……、体が氷のように冷たい……。指一本動かせない。

私、よく頑張ったよね？　フィリア姉さんは褒めてくれるかしら……？

姉さん。故郷を守れなくてごめん……。
私はフィリア姉さんのことを想《おも》いながら、ゆっくりと目を閉じた――。

◇（フィリア視点へ）

「ヒマリから、パルナコルタ騎士団のジルトニア突入が許されたと報告があったそうだ。騎士団はジルトニアに突入して魔物共の駆除にあたっている……」

屋敷の庭でグレイスさんの戻りを待つ私の元に現れたオスヴァルト殿下は、パルナコルタ騎士団がようやくジルトニア王国に入ったことを教えてくださいました。

何とか時間を稼ぐことが出来れば良いのですが。

「思ったよりも時間がかかってしまったみたいだな。恐らくジルトニア王国には無事な結界はほとんどないだろう」

そう、オスヴァルト殿下の仰るとおり、突入の時期は想定よりもかなり遅れています。

ミアや私の師匠のヒルデガルトが如何《いか》に頑張ったとしても、魔物を抑える人員が少ないとそれだけ結界が勢いに押されて壊されてしまう。

私の計算では、既にジルトニア王国に大量の魔物が侵入してしまっています。

パルナコルタ騎士団は確かに頼りになりますが、被害を食い止めるのも限界があるでしょう。

つまり、ジルトニア王国の状況は依然として最悪でした。

「フィリアさん、すまないがタイムリミットは迫っている。魔物の勢力によっては騎士団に即時撤退命令を出します」

「ちょっと待ってくれ！　兄上、それはいくらなんでも薄情だろう！　せっかく突入したんだぞ！」

先にこちらに来ていたライハルト殿下は騎士団をすぐに撤退させようと考えていると、口にされました。

オスヴァルト殿下は反発していますが、ライハルト殿下の言い分は当然でしょう。

ジルトニア王国の魔物たちの量について、時間の経過に基づいた予測を彼は質問されました。

私は自分なりに計算して彼にそれを伝えましたが、そのときにライハルト殿下は騎士団の安全が守られる範囲を判断し、私にも伝えていました。

パルナコルタ騎士団がジルトニア王国に滞在出来るのは明日の早朝までです。

「騎士団は、聖女と並んで国防の要だ。ジルトニア王国のことは心配しているし、フィリアさんの妹君への義理もある。しかし、他国の有事で彼らを危険に晒すのは馬鹿げている」

「くっ！　こんなときに正論を吐くな！　せっかく、フィリア殿の妹君が頑張ってくれているというのに！」

オスヴァルト殿下はライハルト殿下の意見にそれ以上反論はしませんでした。

彼も分かっているのでしょう。フィリップさんたちを犠牲にするのは間違っていると。

「フィリアさん、君の願いを叶《かな》えると期待させてしまって申し訳ない。父に代わって私から謝罪させてもらいます」

国王陛下は私の願いを叶えると仰せになり、騎士団を動かしてくれました。

ライハルト殿下はそれでも私の故郷は守れなかったとして、謝罪をしたのでしょう。

でも、私は諦めていません。短いですが、撤退のタイムリミットまではまだあります。

グレイスさんがそれまでに間に合えば、全てが解決するはずなのです。


そのとき、リーナさんが大きな声を出しながらこちらに駆けてきました。

「フィリア様〜〜！　ぐ、グレイス様の馬車がこちらに来られました！」

リーナさんはグレイスさんの到着を私たちに伝えました。

まさか、もう三人が魔力集束魔法を。想定していたよりもずっと早いです。

「グレイスさん、よく戻ってきてくださいました」

「フィリア様。フィリア様の仰ったようにこの魔石を媒体にしてわたくしたち、四人の魔力を集束出来るように致しました」

グレイスさんは私が作った魔石のネックレスを首にかけながら、こちらにやって来ました。

古代術式、魔力集束術はこのネックレスを着けた人たちの魔力を集める術式であり、ボルメルンにいるグレイスさんの三人の姉も同じものを身に着けています。

「グレイスさん、本当に感謝してもしきれません！　既に〝光の柱〟をこの庭に立てておりますから、準備は整っています！」

「これくらい、お安い御用ですわ！　さぁ、フィリア様！　わたくしたちの魔力を一つに集めて魔法陣を！」

グレイスさんに促されて、私はさっそく彼女らの魔力を自分のネックレスに集束しました。

遥《はる》か彼方《かなた》のボルメルン王国の方角から魔力がどんどん集まってきているのを感じます。

この力を利用して、大破邪魔法陣を更に拡大させる。

大地が黄金に輝き、自然界のパワーもこれまでにないくらい集まりました。

「それでは、いきます！」

私は魔法陣を大陸全土に広げるために魔力を放ちます。成功を祈りながら……。


「フィリア様！　凄いですわ！　本当に大破邪魔法陣を広げられました！」

「そ、そうなのか⁉」

「破邪の力がボルメルン王国の方角へ伸びていくのを感知出来ましたので、間違いありませんわ！」

グレイスさんは古代術式を覚えて、〝マナ〟の動きが見えるようになっているみたいですね。

彼女の仰るとおり、破邪魔法陣はボルメルンの方角へは広がってくれました。でも――。

「はぁ、はぁ、す、すみません。失敗しました。想定以上にジルトニア王国の方向へと魔力の伝達が上手《うま》くいかず。せめて、私の作った〝光の柱〟さえ、ジルトニアの東側に設置出来れば――」

そう、私が拡大に成功したのは大陸の半分ほどの範囲のみでした。

ジルトニアの方角へは破邪魔法陣はほとんど伸びずに足踏みしてしまい、ミアたちを救うことは失敗してしまっています。

私がジルトニア王国に赴く他に故郷を救う方法はないでしょう。

「しかし、フィリア殿が王都から出ると破邪魔法陣が解けてしまうんじゃないのか？」

「いえ、今はグレイスさんと魔力を共有して繋がっておりますから、中心点の代わりを彼女が務めてくれれば、私は実質自由に動くことが可能です」

そうグレイスさんが魔力集束術を使っているときに限り、私はジルトニア王国へ行くことが出来ます。

私が動けば、ミアを助けることが出来る。

「フィリア様！　行ってくださいまし！　ここはわたくしに任せて！」

「ああ！　動けるなら、行かない理由はないよな！」

グレイスさんとオスヴァルト殿下は私に故郷に戻るように促します。

しかし、彼らの言動にライハルト殿下が待ったをかけました。

「そんなこと、許しませんよ。フィリアさん、あなたなら分かりますよね？　ジルトニア王国の状況がどれだけ危険なのか……。パルナコルタ王国の聖女が他国のことで危険を冒すなんて、言語道断です」

「兄上！　何を言っている！　フィリア殿の妹君がもう少しで助かるんだぞ！　日和《ひよ》ったようなことを言わないでくれ！」

「フィリアさん、聖女としての行いについて、あなたは誇りを持っているはずです。ジルトニア王国には行ってはなりません」

——そうですね。本当は分かっていました。今、私がしようと口にしたことはパルナコルタ王国の聖女として失格と言っても良い行為。

ライハルト殿下の仰るとおりです。私はこの場を動くべきではない。

ミア、ごめんなさい。私はあなたを助け——。


「フィリア殿！　自分に嘘をつくな！」

「お、オスヴァルト殿下？　きゃっ！」

「——っ!?」

オスヴァルト殿下は馬を走らせて、私を持ち上げて強引に抱えました。

な、何をされるつもりなんでしょう。

「俺の馬はこの国で一番の駿馬《しゅんめ》だ！　これなら、最短でジルトニア王国に行くことが出来る！」

「ま、待ってください！　私はジルトニアには行けません！　この国の聖女としての正しい行いを考えると――」

そうです。ジルトニア王国に行くことはパルナコルタ王国の聖女としては適切な行動ではないのです。

個人的な事情で、好き勝手に行うなんてことやって良いはずがありません。

「いいか！　人間ってのは、正しいとか、正しくないとか、そんなことを頭で考える前に！　心で判断しなきゃならないときもある！　フィリア殿、胸に手を当ててみて、どうしたいか素直に言ってみるんだ！」

オスヴァルト殿下は私に大声で怒鳴ります。心でどうしたいのか判断しろと。

心と言われましても……。ど、どうすれば良いのか。

私はいつだって頭で考えて判断してきました。聖女としてどうすれば国のためになるのか、それだけを考えて。

胸に手を当ててみます。心臓の鼓動を感じる。

私の心が求めているのは――。

ミアを助けたい。何としてでも助けたい。

溢れてくる。胸の内から、熱いものが次から次へと。

「……ミアを救いたい、です！　私はどうなってもいいから！　妹を助けたいんです！」

おおよそ聖女に相応《ふさわ》しくないセリフを私は声に出してしまいました。

目頭から熱いモノが頬を伝って、とめどなく落ちていきます。

こんなこと、今まで一度もなかった。目の前の光景がグシャグシャになって何にも見えない。

「承知した！　フィリア殿の正直な気持ちがよく伝わった！　しっかり掴《つか》まってくれ！　最速で向かうからさ！」

そう言うとオスヴァルト殿下は馬を走らせて、もの凄いスピードでジルトニアに向かいました。

ミア、待っていてください。私があなたを助けてみせます。

◆

「そういえば、〝光の柱〟って動きながらでも作れるのか？」

「祈りさえすれば、具現化する直前までは持っていけます。オスヴァルト殿下こそ、わ、私を抱えながら馬を走らせるなんて大丈夫ですか？」

オスヴァルト殿下は片手で私を抱きかかえながら、国一番の駿馬と言われている愛馬を走らせます。

これなら、国境までには〝光の柱〟を召喚する準備が出来るかもしれません。

誰かの腕の中で祈るなんて考えたこともありませんでした。なぜか鼓動が早くなります。こんなことは初めてです。

神様、お願いします。聖女としておよそ正しい行為をしているとは思いません。

ですが、この一刻だけはどうか私に慈悲を。

温かな体温と安心感のある腕の感触を背中に受けながら、私は何とか精神を集中させて祈り続けました。

「フィリア殿、砦《とりで》に着いたがまだ祈りは必要か？」

馬は思った以上に快速で、国境付近の砦にあっという間に到着しました。

私も何とか〝光の柱〟を発現させるに足るだけの祈りを終えて、あとはジルトニアの然《しか》るべき場所に柱を設置するだけの状態まで準備を終えました。

「いえ、おかげさまで準備は十分です。自分の身は自分で守れます。殿下、ここまで送ってくださってありがとうございました」

魔物の数はパルナコルタの比ではないでしょうから、排除するための破邪術式を使いつつ目的の場所に急がねば。

　ここからは一人で進みます。集中して動きましょう。

「待て待て、フィリア殿をたった一人で行かせるわけないだろ？……よし、見つかったぞ。この槍《やり》が一番しっくりくりする」

　オスヴァルト殿下はご自分の背丈よりも長い槍を手にして馬に跨《また》がり、自分の後ろに乗るように促しました。砦の武器庫から槍を取ってきたみたいですね。

　しかし、王子であるあなたをこれ以上、危険な目に遭わせるわけには。

「今さら何言っている。どうせ帰っても兄上にみっちりと説教をされるだけだ。それにさ、戦場に向かう聖女様には護衛が必要だろ？　とすれば俺が行くしかない。――っと」

「――っ!?　ご、強引ですね」

　槍を地面に突き刺して、再び私を抱えて自分の後ろに乗せるオスヴァルト殿下。

　さっきから私を持ち上げたりしていますが、その度にちょっと恥ずかしいのです。

「これが性分なんでね。しっかりと摑んでくれ。振り落とされないようにな！」

　彼はそう言うと槍を片手に馬を再び走らせました。

　ジルトニア王国は私が出たときと比べて魔物は増えていることは明白。

　問題はどれくらいの数か、という程度ですが。

そして、私たちはついにジルトニア王国内に入りました。

それと同時に国内の凄惨な光景に息を呑《の》みます。

「こ、これは私の予測よりも遥かに多いです。〝光の柱〟を置く場所はここからかなり離れているのですが」

目の前には大量の魔物たちが蠢き、暴れ、私たちの行く手を塞いでいました。

これでは先に進もうにも進めません。

「フィリア殿！　もっと強くしがみついていてくれ！　そして、どちらに行けば良いのか指示を頼む！　うおおおおっ!!」

オスヴァルト殿下が槍を一振りすると、突風と共に十体以上の魔物の首が吹き飛びました。

殿下は槍の達人だと聞いていましたけど、まさかこれほどの腕だったとは。

「このおっ！　邪魔するなァァァァ！　フィリア殿！　早く！」

「あちらを目指してください！　そして、突き当りを右に！」

魔物たちを次々と蹴散らしながら、私たちは進んでいきます。

魔物の返り血があちらこちらに飛び散り、オスヴァルト殿下の顔を汚しても、彼の馬は勢いを失いません。

彼にとっては他国の出来事なのに。

オスヴァルト殿下の鬼気迫る表情を見ると、とても彼は他人事《ひとごと》だと考えているように見えなくて、私はそれが不思議でなりませんでした。

「なぜ、なぜ、オスヴァルト殿下はそこまで一生懸命になれるのですか？　他国のことですのに」

私は思わず質問をしてしまいます。彼がここまで力強く前に進むことが出来る理由を。

「はぁ、はぁ……、別に他国のことだとか、そんなこと思ってはいない。フィリア殿の故郷のことだから、必死になれるんだ――」

「えっ？　そ、それって……？」

オスヴァルト殿下は突然、私のためだと言われました。

どういう意味なのでしょう。私のために必死になるというのは。

「大切な人のためなら、どこまでも貪欲になって我を突き通すことが出来る。男も女も突き詰めれば人間っていうのはそういう生き物だ。だから、フィリア殿のために俺は――」

魔物たちがこちらに向かって一斉に飛びかかってきます。

それをオスヴァルト殿下は槍で。

「どこまでもまっすぐに進むことが出来る！」

魔物たちを一閃《いっせん》――。

馬は乱れることなく目的地を目掛けて一直線に進み続けました。

大切な人？　わ、私のことが？　そんなことを言われたのは初めてです。

血が頭の方に上って、顔が熱くなっていることを実感しています。

「フィリア殿！　あの丘の上で良いのか？」

「――は、はい。場所が見えれば十分です」

祈りの力によって発現出来る〝光の柱〟。

パルナコルタ、ボルメルンからの魔力を受信しやすいスポットにそれを設置して、大破邪魔法陣を拡大。

地面が黄金に輝き、ジルトニア王国全体を……いえ、この大陸全体を魔法陣が覆い尽くして魔物たちを完全に無力化させました。

「魔法陣の拡大に成功しました！」

「やっぱり、とんでもない聖女だ。フィリア殿は。あれだけの魔物を全部黙らせるなんて」

「オスヴァルト殿下が急いでくれたおかげです」

「いや、俺なんか大したことは。――っ!?　あ、あそこに人が倒れているぞ！　心なしかフィリア殿に似ているような気が……！」

「――っ!?　ミ、ミア！」

気付けば私は馬から飛び下りて駆け出していました。

魔物の数は私の予測を超えて異常な数でした。ミアのことですから無茶をしたのでしょう。

「た、体温が異様に低いです。それにこれは生命力を燃やしたときにでる症状。かろうじて脈はありますが……」

唇の色が青白くなり、氷のように体温が低くなっています。そして体中に薄く青みがかった斑点が浮き上がっていました。

どうやらミアは魔力が尽きても生命力を魔力に還元して戦い続けたらしいですね。

無茶をします……。本当にこの子は私の想像を超えて。


「セント・ヒール！」

「ど、どうだ。助かりそうか？」

「助けてみせます。それが私のここに来た理由ですから」

骨折程度ならば一瞬で回復させることが出来る私のセント・ヒール。

しかしミアは生命力を燃やしてしまっています。つまり命が尽きかけている状態。

死んだ人間を蘇《よみがえ》らせることは不可能です。彼女の状態はまさにその瀬戸際で助かる可能性は五割にも満たないでしょう。

セント・ヒールをかけつつ、私はミアの血液の流れを調節しました。

あとはミア次第。頑張って起きてください。

あなたがジルトニアの聖女なのですから。この国の行く末を見られなくてどうしますか。

「目を覚ましなさい！　ミア！　あなたは生きねばなりません！」

「フィリア殿……」

大きな声を出したとて治癒術式の精度が上がることはないのですが、自然と声が出てしまいます。

何分セント・ヒールをかけたか分かりません。これ以上かけても結果は変わらないのかもしれませんが、なぜか止めることが出来ないのです。


「んっ……」

「はぁ、はぁ……、ミア……？」

人形のように動かなかったミアの眉間が僅かに動きました。

もう少し。もう少しでこの子は目覚めるはず。

魔力の限界が近付いていましたが、それだけを信じて私は奮起しました。


「あ、温かい……。体が……、この温かさは……」

「はぁ……、はぁ……、み、ミア、無事で……良かった」

「お姉……ちゃん……」

限界ギリギリまで、治癒術式をかけ続けて、ようやく目を覚ました妹。

私は、涙を流しながら彼女を思いきり抱きしめました。

◆

「体のどこかに違和感はある？　ミア」

私の腕の中で目を開いた妹にゆっくりと声をかけました。

ミアは涙を流しながら私の肩に力強く手を回して、声を詰まらせながら――。

「ううん。全然……、全然ないよ、ないに決まってるじゃない。だって姉さんの治癒術式だもん……。ぐすっ、もう会えないと思ってた。フィリア姉さんは、聖女としての責務を絶対に守る人だから。ここには来ないと」

私が来たことが信じられないと口にしました。

彼女の言うとおり、聖女としての私はここに来るようなことは決してしないでしょう。

ここにいるのは聖女ではありません。今の私は――。

「聖女としてではないわ。あなたの姉として、ミア・アデナウアーの一人の姉であるフィリア・アデナウアーとして来たの。どうしても、助けたかった。間違った選択をしたとしても。あなただけは、どうしても……」

私はミアの姉だから故郷に戻りました。今このときだけは、聖女という立場を忘れて一人の姉に成りたかったのです。

我儘《わがまま》というものとは無縁だと思っていました。

心の底から溢れ出る欲求は全て抑え込めると思っていましたから。でも、彼女だけは諦められなかった。どうしても、切り捨てるなんて出来ませんでした。

「ごめんなさい。姉さんみたいに出来なかった。ジルトニア王国がこんなに酷い状況になってしまって。本当にごめんなさい。私は聖女失格です」

ミアは魔物によって国が滅《め》茶《ちゃく》苦茶《ちゃ》になったと謝ります。

確かにジルトニア王国の被害は尋常ではありません。

でも、私はそれでもミアが何も出来なかったとは思っていませんでした。

「いえ、私では妨害するユリウス殿下を失脚まで追い詰められなかったでしょう」

そう、私では聖女としてのお務め以外の行動を積極的に起こせない。

ジルトニア王国に私が居たとしても、大破邪魔法陣の発動が許されずに被害がもっと酷くなった可能性もあったのです。

「ありがとう。フィリア姉さん、気を遣わなくてもいいよ。この状態を見て、悲観的に感じないようにするのは無理だから」

「そうかもしれない。でもね、壊れたものは直すことが出来る。ミアは過去を悲観するよりも、これからを考えた方がいいわ」

ボロボロになった故郷を見る私とミア。王都まで煙が上がって建物が倒壊したりしています。復興にはきっと時間はかかるでしょう。でも、残すことが出来たものも多い。だから――。


「最悪は、免れたのだろうな」

「ええ。そうですね。オスヴァルト殿下の力添えのおかげです」

「いやいや、さっきも言ったが俺は何もしてないぞ。フィリア殿が凄いのだ」

「そんなことありません。殿下が背中を押してくれたから、私はここまで来られたのです」

日和っていた私に勇気をくれたのはオスヴァルト殿下です。

彼が居なければ、私は動けなかったでしょう。

それに、パルナコルタ騎士団が居なければ、もっと被害は甚大だったに決まっています。

そんなやり取りをオスヴァルト殿下と行っていると、その様子をジィーっと見ていたミアが思ってもみないことを発言しました。

「なんか、姉さんが男の人とこんなに親しそうなの見たことないんだけど。あっちで恋人作ってるなんて思ってもみなかった」

「こ、恋人？」

何をこの子は勘違いしているのでしょう。私が殿方と親しくしていなかったことは否定しません。婚約者だったユリウス殿下にも疎んじられていましたから。

でも、だからといって――。

「ミア、変なことは言ってはなりません。オスヴァルト殿下に迷惑がかかります」

「いや、迷惑ってことはないが。立場上、俺が聖女であるフィリア殿とそういう関係になるのは、どうなのかってさ」

「ふーん。あのバカ殿下よりもずっと良いと思うけど。――でも、幸せそうで良かった」

「ミア……」

パルナコルタ王国に行って私は幸せになっているのでしょうか。

確かに良い方々と出会って、穏やかな日々というものを体験しました。最近はミアが心配でなりませんでしたが。

幸せとは、どういうものなのかよく分かりません。今まで意識したこともありませんでした。

しかしながら、ミアが生きていてくれてホッとした気持ち――それだけは本物です。

「フィリア。あなたがこちらに来ているとは思いませんでした。魔物が一斉に無力化しましたから、もしや、とは思いましたが」

「――師匠。ご無沙汰しております」

ミアと近況を話していると私の師匠であるヒルデガルトが現れて、私たちに話しかけました。

彼女も疲れた表情をしています。きっと、国のために死力を尽くした後なのでしょう。

「あなたは元気そうですね」

師匠は私に近付きジッと顔を見つめてそう声をかけます。

この方はいつも私の体調を気遣っていました。聖女は体が資本だから病など言語道断だと。

彼女の夫は流行り病で亡くなったらしく、そういうことが気になるのだそうです。

「フィリア姉さん。ヒルダ伯母様は姉さんの――」

「ミア！　余計なことは言ってはなりません。フィリアは新たな国で新たな人生を歩んでいるのですから」

ミアが何かを言おうとすると、師匠はそれを止めました。

ミアはとても複雑な顔をしていますが、それ以上は何も言いません。何を言うつもりだったのでしょうか。気になります。

「フィリア、大事なことをひとつ。ミアは私の養子になります」

「えっ？　ミアが!?　師匠の養子に？」

私の疑問は師匠の衝撃の発言で吹き飛びました。

ミアが養子とはどういうことなのでしょう。

「ごめん。フィリア姉さん。実はお父様とお母様は投獄されたの。フェルナンド殿下の暗殺の主犯として。話せば長いんだけど――」

ミアから聞かされた両親の投獄とユリウス殿下との関係。

私がもっとしっかりしていたら、別の道もあったかもしれません。

今ならばもっとコミュニケーションをとって、間違っていることは間違っていると進言していたと思います。それを思うと残念でなりません。

「フィリア殿、ご両親のことは気の毒だな。それに、ミア殿やヒルデガルト殿たちのことも気になるだろうし、故郷の復興も手伝いたいと思っているはずだ。もし、フィリア殿が望むなら」

「戻りませんよ。いつまでもグレイスさんに魔力の中心点を任せるわけにはいきませんし。ずっと魔力共有することも出来ません」

そう、広がりきった魔法陣を維持するのは私の魔力だけで事足りますし。グレイスさんもボルメルンに戻ります。

私がこちらに長居することなど叶わないのです。

「それに、この国にもはや私は不要です。一人前の聖女がいますから」

私はミアの肩を抱いて自分の代わりになれる人材はいるとオスヴァルト殿下に主張しました。

「フィリア姉さん。ぐすっ、私、今はまだダメダメだけど、絶対に姉さんに追いつく！　ううん。超えるくらいの凄い聖女になる！」
「私も現役に復帰して、ミアを鍛え直します。あなた以上の才能は感じていますから、うかうかしていられませんよ」

ミアの決意と師匠の復帰、それを聞いて私は安心します。
名残惜しいですが帰りましょう。パルナコルタ王国へ。
騎士団と共に、私はパルナコルタ王国へ戻ります。
そのとき私は実感したのです。私は隣国の聖女——。
そして、これからもそうである、と。

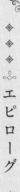

エピローグ

epilogue

大破邪魔法陣を拡大させてから二ヶ月の月日が流れました。

あれから、色々とありました。大陸全土に広がった魔法陣は魔物の侵攻に悩む各国の救済に繫《つな》がったらしく、各国の使者がわざわざ私に礼を伝えに来られたのです。

私としては妹を助けたい一心で動いただけなのですが、ジルトニア以上に絶望的な国もあったらしく、そういった国は突然魔物が無力化されて非常に驚いたみたいでした。

「昨日は大国ダルバート王国からの使者も来た。あそこはクラムー教の総本山があるが……。大司教殿がフィリア殿の功績を考慮して世界で唯一の〝大聖女〟の称号を与えようと決定したそうだ」

屋敷を訪問されていたオスヴァルト殿下は〝大聖女〟の称号が私に付与される話を振ってきました。

大聖女とは数百年前の世界の危機を救ったという伝説の聖女に与えられた称号です。

あまりに話が飛躍しすぎていて、正直言って戸惑いが隠せません。

「いや、今回のことで救われた命は計り知れない。俺からすれば、称号で功績を示すくらいじゃ足りないんじゃないかって思っている」

オスヴァルト殿下は私を持ち上げてくださいますが、半分以上は私利私欲で動いていますし、ましてや〝大聖女〟だなんて。

「まだ若輩者の私にはあまりにも荷が重過ぎます。畏れ多いです」

「フィリア様～～！　〝大聖女〟になられるとは本当ですの？　おめでとうございます！」

私が殿下の仰せになられたことに反論をしますと、破邪魔法陣の修行を再開させるためにパルナコルタに戻ってこられたグレイスさんに飛びつかれました。

彼女からボルメルン王国の話を聞くと、国王もマーティラス伯爵も上機嫌そうに喜んでいたそうです。グレイスさんたち四姉妹も英雄として奉られているとか。

「ちょっと、グレイスさん。あなたが妹みたいな顔をしないでください！　私の姉なんですよ！」

グレイスさんと共に修行をしていたミアが何やら不機嫌そうな声を出しました。

魔法陣の効果で色々と楽になったらしく、師匠の計らいで、少しだけこちらで私に師事して来るように言われた彼女は屋敷で寝泊まりしています。

彼女は古代語を勉強しながら、同時進行で古代術式の修行をしているのですが、器用にそれをこなすところを見ると将来は私など超えてしまうことは明白でしょう。

「ミアさん。言っておきますが、私がフィリア様の一番弟子ですの。妹弟子の指図は受けませんわ」

「姉さん！　この子何なのよ！　すっごく、鼻につくんだけど」

勝ち誇った顔をするグレイスさんと地団駄を踏むミア。

グレイスさんとしては、ミアの才能を目の当たりにして対抗心を燃やしているだけなのでしょうが、彼女は挑発を真に受けているみたいです。

「お二人とも、喧嘩《けんか》をされるのでしたら、もう私は何も教えませんよ。聖女が争いの種を撒《ま》いてどうするのですか？」

「「ごめんなさ～い」」

一言注意をすると、きちんと言うことを聞く二人。

ミアは年下にもう少し寛容にならなくてはなりませんね。

何はともあれ、平和な日常が戻ってきました。

◆

「へぇ、なんかさ。本当に何でも出来るんだな。農作業も汗一つかかずにこんなに上手《うま》くやるなんて」

今日はオスヴァルト殿下に誘われて、彼の農園で作業の手伝いをしています。

農学もかなり勉強をしていたので、彼の助けが出来て良かったです。

しかし、こうやって農作業に参加したのは初めてでしたので、貴重な体験が出来ました。

「これでも体力には自信がありますから。これくらいでしたら疲れませんよ。聖女としての修行を積むうちにドンドン燃費が良くなってしまって」

「はは、前にどんな修行か興味半分で聞いたが、聞くだけでギブアップしそうになってしまったよ。聖女という人材が貴重になるわけだ」

私に課せられた修行は母からのスパルタ特訓に加えて、師匠によるそれを超える猛特訓でした。

ミアも厳しい特訓を受けて、彼女の養子になったことを少しだけ後悔しているみたいです。

でも、彼女は頑張りたいと言っていました。それを乗り越えると私に追いつくかもしれないのなら、どんな努力も惜しまないと。

いつの間にあんなに頼もしくなったのでしょう。

「厳しいこともありましたが、やってきて良かったと思っています。そのおかげで折れずに立っていられましたから」

「ポジティブなのは良いことだ。おっと、これは大物だぞ！　んんっ！　うおおおおっ！」

オスヴァルト殿下は大根の収穫をしているのですが、かなりの大きさのものを見つけたのか、大きな掛け声と共に力を入れました。

「ふんっ！　よっと、うわっ！」

あまりにも力を入れ過ぎて、大根を引き抜いた拍子に倒れてしまう殿下。

だ、大丈夫でしょうか。それにしても、大きな――。

「見ろ！　フィリア殿！　こんなに大物が採れたぞ！　あはは、これは今年一番だな！」

オスヴァルト殿下は泥だらけになりながら、大根と自分の顔の大きさを比べながら笑いかけます。

本当に面白い人です。もう大人ですのに、子供みたいにはしゃいで。


「ふふっ、殿下、顔を拭いてください。こちらのタオルで」

私は殿下にタオルを渡しました。すると、殿下は目を丸くして私を見つめます。

「あれ？　フィリア殿の笑った顔、初めて見たかもしれないな」

「ええっ!?　わ、私、笑ってました!?　そ、そういえば、そんな気がします。どうしてでしょう」

オスヴァルト殿下以上に私は自分が笑っていたことに驚きました。

物心ついてから、今日まで一度もそんなことなかったのに。

「そんなに驚かなくてもいいさ。これから、それが普通になる。きっと、な」

変わっている自分に困ってしまっていることを察したのか、オスヴァルト殿下は微笑《ほほえ》みながら、
私に大根を手渡しました。

「……この国に来て、変化することが怖いと少しだけ感じていました。でも、ミアを見て。より魅力的になった彼女を見て、変化することも素晴らしい側面があると気付きました」

あの愛らしくて可愛《かわい》らしいミアが、今や頼もしさと凛々《りり》しさを兼ね備えて、人間的に劇的に変化しましたが、私にはそれが悪いことどころかとても魅力的で眩《まぶ》しく感じられるように見えたのです。

だから——。


「私はこの国の聖女としてこれからも生きることは変えませんが、人間としてはきっと変わってしまうでしょう。オスヴァルト殿下は私がそうなっても受け入れてくださいますか？」

変わらないで生きることは無理です。だから、私も今と価値観も考え方も感情もちょっとずつ変わってしまうでしょう。

そんな私も認めて欲しいと思ってしまうのは甘えなのでしょうか。

「はっはっはっは！」

「オスヴァルト殿下、一応私は真面目に。あっ——」

殿下は大きな声で笑い、力強く私の肩を抱きました。

突然の動きに、私は思わず大根を抱き締めてしまいます。

「当たり前のことを言うな！　たとえ、どんなに変わってもフィリア殿はフィリア殿に決まっている！」

自信満々にそう宣言する彼の言葉に、私の悩みはちっぽけなものだと思い知らされ心の中がすっかりと洗われてしまいました。

温かい――。

彼の腕の中の温かさを感じて、もしかしたらこの温かさが私の知らない『幸せ』というものなのかもしれないと密《ひそ》かに思いました。

それも、いつか彼の言うような『普通』に感じる日が来るのでしょうか。

そう考えると明日がとても輝かしく、待ち遠しいものに感じてしまうのです――。

番外編

Extra edition

～聖女姉妹の最初のお務め～


「今日で私は引退します。フィリア、今後のことは頼みましたよ」

私の師匠ヒルデガルトは聖女を引退すると突然仰せになりました。

まだ私は聖女になって一年ほどしか経《た》っていない新米ですので、一人でお務めを果たすとなると少しだけ自信がありません。


「大丈夫でしょうか？　私はまだまだ未熟ですし覚えなくてはならないことが沢山あります。聖女としてこの国の未来を背負うにはまだ力不足だと思うのですが」

「それで良いのです。あなたの力は既に私を超えていますし聖女としての能力は完璧に近い。それでも、あなたには慢心することなく足りないところを補おうとする精神があります。だからこそ、私はあなたに託すことが出来るのです」

師匠は自分の力を超えていると口にします。

そこまでとは思えませんが、自分なりの努力が師匠に認められて嬉《うれ》しくもありました。

でも、だからといって一人で明日からというのはやはり緊張します。

「それに明日からあなたは先輩になるのですから。気弱な態度では困りますよ」

「先輩、ですか？　私の他にもう一人誰か聖女になったということですか？　去年修行を開始したミアの他に聖女候補はいなかったはずですが」

私は後輩が出来るという話に驚きました。教会が聖女としての素質があると認めた聖女候補は私の知る限りでは妹のミアただ一人。

そのミアも聖女になるための修行を半年ほどしか積んでいません。私が聖女になるためには十年ほどかかりましたから、彼女が聖女になるのにもまだ時間が必要だと思います。

ならば、他にも修行を積んだ聖女候補がいるということになるのですが……。

「明日からあなたの妹のミアが聖女としてデビューします」

「み、ミアはもう聖女になったのですか？」

「教会での試験に合格して確かな力を示しました。歴代の聖女でもトップクラスの才能の持ち主であることは間違いないでしょう」

ミアは一つ年下の妹ですが、私は幼いときより教会に預けられて修行をしていましたので、それから彼女と接した回数は数えるほどしかありません。

まさか、もう聖女になってしまうとは。なんという才能……。そんな彼女に私は上手《うま》く聖女として先輩として姉としての生き方を示すことが出来るのでしょうか。

◆

「緊張して待ち合わせの場所に一時間以上も早く着いてしまいました」

久しぶりにミアと二人きりで会う。しかも、聖女の先輩として。

昨日で師匠も引退してしまいましたので、気を引き締めなくてはと力が入ります。

とはいえ、一時間以上前に到着したのはやり過ぎでした。

ミアが来るまで瞑想《めいそう》でも——。

「あれ？　私、待ち合わせの時間を間違えちゃったかな？」

「ミア、随分と早くに来ましたね。まだ待ち合わせまで一時間以上もありますよ」

「あはは、フィリア姉さんこそ私よりも早く来てるじゃない。いやー、何か緊張しちゃって。姉さんと会うの久しぶりだし」

「緊張しているようには見えませんけど……」

ミアは人懐っこい笑顔を浮かべながら緊張して早めに来たと言いました。

特にこの子から緊張感を感じませんでしたが、同じように早く来たのですからそうだったのでしょう。

しかし、久しぶりに会いましたが随分ときれいになりましたね。

「姉さん、今日からよろしくね。足を引っ張らないように頑張るから」

「は、はい。よろしくお願いします」

「ねぇ、フィリア姉さん。硬くない？　私たち姉妹だし、聖女としては先輩後輩だけどさ。もっとフランクに話そうよ。私なんかこれから姉さんとの時間を取り戻すつもりなんだからね！」

ミアは私の手を握って私との時間を取り戻したいと微笑《ほほえ》み、もっとフランクに話せないかと聞いてきます。

確かに妹に対する態度としては一般的ではないかもしれませんね。ミアがそう言ってくれているなら私も歩み寄ってみましょう。

「そ、そうね。こんな感じでどうかしら？」

「うんうん。表情が硬いけど合格点ってことにしとこう。じゃあ、聖女のお務めのこと色々と教えてね」

「分かったわ。まず、最初に結界を張るポイントだけど――」

私はミアに聖女のお務めについて要点をまとめて教えました。

彼女は驚くほど物覚えが良くて、一度実践して見せるとすぐにそれを修得してしまうほどでした。

これなら半年で聖女になったのも頷《うなず》けます。彼女には私などの凡才は頼りない人間に見えているのかもしれません。


「姉さん、結界を張りながら何をしてるの？」

「次に回るポイントと、ミアが結界を張る際にもっと効率が良くなるためにどうすれば良いのかメモを残しているのです」

「そんなことする余裕があるの!?　私なんて両手が塞がっているのに！」

「慣れかしら。一日の時間は有限だから、なるべく色んなことを同時に出来るようにしたいの」

聖女とは国の繁栄のために尽力する者です。

やるべきことは無数にあります。

にもかかわらず、私の体は一つしかありませんから。多くのことをするためには同時に色々な動作をするしかないのです。

最近は建築や新薬の開発などの勉強をしたりもしています。

「姉さんって凄《すご》いなぁ。私、何だか恥ずかしいや。聖女のお務めって結界を張って、魔物の駆除をすることとくらいだと思ってたもの」

「最初はそれで十分。ミアには才能があるから。すぐに私を追い抜くわ」

「そうは思えないけどなぁ」

ミアは複数の動作を同時にしている私を凄いと褒めてくれましたが、私に言わせるとミアの方がずっと凄いです。

この子の才能は計り知れない。それなのに私に羨望のまなざしを向けて慕ってくれています。私が私を慕ってくれる妹のために出来ることって何でしょう？　私は彼女とのお務めの初日にずっとそれを考えていました。

「やっぱりフィリア姉さんは凄い。私、決めたわ。いつか、姉さんみたいな立派な聖女になる」

「ミア、あなた……」

ここで、私がへりくだることは簡単です。

しかし、下手に謙遜すれば……もしかしたらミアに眠る大いなる才能を潰してしまうかもしれません。

だからこそ決めたのです。私は姉として出来るだけ長く妹の前を歩こうと。

世界にたった一人の大事な妹だからこそ、一日でも長く——。

聖女として出来る限り完璧な姿を見せることを心に誓ったのでした。

「フィリア姉さん。今度の休みのときは一緒にオペラを観《み》に行きましょう！」

眩《まぶ》しい太陽のように笑う妹は、私の手を引いて嬉しそうに駆け出します。

あとがき

まずは作品を読んで頂いてありがとうございました。読者の皆様には感謝の気持ちしかありません。

こうして「あとがき」を書けることに喜びを感じております。

初めて小説を書こうと思ったのは、社会人になってかなり経《た》ってからなのですが、それまでは出版業界などには全く興味がなかった人間でした。

でも、書いてみると面白くて気付けば毎日物語を書くようになっていました。

そして、舞い込んできた書籍化の打診。人生って何が起こるのか分からないんだなって本気で思いました。

普通、将来の自分ってどうなりたいかとか子供の頃に考えたりするものじゃないですか。でも、私にはそれ皆無でした。

何も考えずに無難に高校、大学に進学して、就職して——何も望んでいないのでそこそこ満足している、他人から見たら面白みに欠ける人生です。

ですから、小説を書くってことが楽しくて仕方ありませんでした。

そして、本を出させて頂けて自分が死ぬときの走馬灯に少しはメリハリをもたらすことが出来ました。
これも全て応援して頂いた皆様のおかげです。
また皆様にお会い出来ることを願いながら、締めさせて頂きます。

冬月光輝

作品のご感想、
ファンレターを
お待ちしています

あて先

〒141-0031　東京都品川区西五反田 8-1-5 五反田光和ビル 4階
ライトノベル編集部
「冬月光輝」先生係／「昌未」先生係

スマホ、PCからWEBアンケートにご協力ください

アンケートにご協力いただいた方には、下記スペシャルコンテンツをプレゼントします。
★本書イラストの「無料壁紙」　★毎月10名様に抽選で「図書カード（1000円分）」

公式HPもしくは左記の二次元バーコードまたはURLよりアクセスしてください。
▶ **https://over-lap.co.jp/865548938**
※スマートフォンとPCからのアクセスにのみ対応しております。
※サイトへのアクセスや登録時に発生する通信費等はご負担ください。

オーバーラップノベルスf公式HP ▶ **https://over-lap.co.jp/lnv/**

完璧すぎて可愛げがないと婚約破棄された聖女は隣国に売られる 1

発行 2021年4月25日 初版第一刷発行
2023年12月18日 第二刷発行

著者 冬月光輝

イラスト 昌未

発行者 永田勝治

発行所 株式会社オーバーラップ
〒141-0031
東京都品川区西五反田 8-1-5

校正・DTP 株式会社鷗来堂

印刷・製本 大日本印刷株式会社

ISBN 978-4-86554-893-8 C0093

【オーバーラップ カスタマーサポート】
電話 03-6219-0850
受付時間 10時～18時（土日祝日をのぞく）

OVERLAP NOVELS f
聖女のはずが、どうやら乗っ取られました
I was supposed to be the Saint, but I was robbed the position, apparently...
吉高 花
Illustration 縞
マンガUP!にて
（スクウェア・エニックス）
コミカライズ
連載中!!
追放されたけど――
『癒やし』の力で生き抜きます!!
『助けてくれませんか？』帰宅途中、目の前に現れた表示によって、乙女ゲームの世界に聖女として召喚されてしまう。しかし、一緒に召喚された同郷のヒメに聖女の座を奪われてしまって!?　アニスと名乗り、持ち前の性格と能力で道を切り開いていく！

雨川透子
ILLUST. 八美☆わん
過去の人生で得たスキルを思いっきり発揮します！
コミックガルドにて
コミカライズ連載中！
ループ7回目の悪役令嬢は、
元敵国で自由気ままな
花嫁生活を満喫する
20歳で命を落としては婚約破棄の瞬間に
ループしてしまう公爵令嬢リーシェ。
7回目の人生は、過去の人生でリーシェを殺した皇太子アルノルトの
元へ嫁ぐことになってしまい……!?
長生きごろごろ生活のため、
過去人生の職業スキルを発揮して生き延びます！
OVERLAP NOVELS f

OVERLAP NOVELS f
二度と家には帰りません!
I'll Never Go Back to Bygone Days!
Author みりぐらむ
Illustration ゆき哉
国王の弟に見出された令嬢のシンデレラストーリー!
WEB発の人気作!
母と双子の妹に虐げられていた令嬢のチェルシーは、12歳の誕生日にスキルを鑑定してもらう。その結果はなんと新種のスキルで!?珍しいスキルだからと、鑑定士のグレンと研究所に向かうことになったチェルシーを待っていたのは、お姫様のような生活だった!

第9回 オーバーラップ文庫大賞
原稿募集中！
イラスト：KeG
紡げ、魔法のような物語！
【賞金】
大賞…300万円
（3巻刊行確約＋コミカライズ確約）
金賞……100万円
（3巻刊行確約）
銀賞………30万円
（2巻刊行確約）
佳作………10万円
【締め切り】
第1ターン 2021年6月末日
第2ターン 2021年12月末日
各ターンの締め切り後4ヶ月以内に佳作を発表。通期で佳作に選出された作品の中から、「大賞」、「金賞」、「銀賞」を選出します。
投稿はオンラインで！ 結果も評価シートもサイトをチェック！
https://over-lap.co.jp/bunko/award/
〈オーバーラップ文庫大賞オンライン〉
※最新情報および応募詳細については上記サイトをご覧ください。
※紙での応募受付は行っておりません。